Wilde Geisterjagd

Ein Paranormaler Cozy Mystery Crime

DIE GEISTERDETEKTIVIN BAND 7

JANE HINCHEY

BP · BAYWOLF PRESS

Baywolf Press

PO Box 43

Ingle Farm, SA, 5098

Australien

WILDE GEISTERJAGD

Als Privatdetektivin und Geisterflüsterin stelle ich mir viele Fragen – warum kann ich tote Menschen sehen? Darf ich auf meiner eigenen Hochzeit Lila tragen? Wie bekommt man Erdnussbutter aus dem Fell eines Waschbären? Aber *wer hat Gianna Tate ermordet*' war nie darunter. Bis jetzt.

Der Tod der knallharten Anwältin bringt meine Pläne durcheinander, denn hier stehe ich, fein herausgeputzt und bereit für den Vogelscheuchen-Ball, als sie auftaucht, untot, auf dem Beifahrersitz meines SUVs. Normalerweise bin ich Optimistin, aber jetzt sehe ich meine geliebte Kaffeetasse weniger als halbvoll, während ich mich auf die Suche nach ihrem Mörder mache und dabei Fragen meiner Familie über meine bevorstehende Hochzeit mit Detektiv Kade Galloway abwehre. Verdammt heiß, begehrenswert, meiner. Oder? Ich kann es selbst kaum glauben!

Aber hier sind wir nun, knietief in Vampiren, Zombies und Vogelscheuchen, jagen einen Mörder, baden Waschbären, stolpern von einer Krise in die nächste und ich frage mich: Rot- oder Weißwein beim Empfang?

Begleite Audrey Fitzgerald in den Geisterdetektiv-Mysterien, einem romantischen paranormalen Cozy-Krimi mit einer sprechenden Katze, einem Geist und einem Mordfall, den es zu lösen gilt.

KAPITEL 1

„Ich habe das wirklich nicht durchdacht", sagte ich und drehte mich zu der toten Frau um, die auf dem Beifahrersitz meines Honda CR-V saß. Sie blickte zu mir, ihre Augen musterten mein Faschingskostüm.

„Das Stroh ist eine nette Ergänzung." Sie nickte anerkennend zu dem leuchtend orangefarbenen Stroh, das ich unter meinen abgenutzten Hut gestopft hatte. Es schien mir eine gute Idee, als Vogelscheuche zum jährlichen Vogelscheuchen-Ball von Firefly Bay zu gehen. Aber meine Güte, dieses Stroh! Zum Glück hatte ich es nur unter meinen Hut gestopft und nicht überall verteilt. Denn Stroh juckt, als hätte man einen schlimmen Ausschlag, der ansteckend ist und ärztliche Behandlung erfordert. Und Salbe. Jede Menge Salbe.

Das Kostüm der Frau hingegen? Sie war eine Märchenprinzessin, komplett mit einem riesigen Ballkleid, das fast die gesamte Vorderseite meines Autos einnahm und sich um sie herum wie eine tüllgefüllte Baisermasse aufbauschte. Die Edelsteine am Mieder funkelten in einem Lichtstrahl, der durch die Windschutzscheibe fiel und im schwindenden Licht der untergehenden Sonne glitzerte. Ich funkelte nicht. Ich juckte.

„Aschenputtel?", fragte ich und nickte zu den weißen Handschuhen, die bis über ihre Ellenbogen reichten, und der Krone, die auf ihrem kurzen blonden Haar thronte. Technisch gesehen hatte Aschenputtel langes Haar, aber wer war ich, um darüber zu diskutieren?

Sie hob eine nackte Schulter in einem halben Achselzucken. „Nicht wirklich."

- „Nein?" Meine Augenbrauen schossen nach oben, was Reibung zwischen dem Stroh und meinem Hut verursachte und meine Haut aufschürfte. „Wer dann?" Ich schob meinen Zeigefinger unter das Band meines Hutes und kratzte mich.

„Ich bin die gute Fee", sagte sie mit ausdrucksloser Miene.

Ich hätte nicht gedacht, dass meine Augenbrauen physisch noch höher auf meiner Stirn wandern könnten, also war ich überrascht, als sie meinen Haaransatz erreichten. Zumindest fühlte es sich so an. Es könnte auch der enge Hut und die große Menge Stroh gewesen sein, die meine Durchblutung abschnürten, seltsamerweise aber nicht das Jucken. Ich betastete meine Augenbrauen mit den Fingern, um mich zu vergewissern, dass sie noch an Ort und Stelle waren, während ich die Frau ungläubig anstarrte.

Gianna Tate war eine skrupellose Scheidungsanwältin mit einer Leidenschaft fürs Geldverdienen. Zumindest hatte ich das gehört. Ich hatte vorher nie persönlich mit ihr zu tun gehabt, außer um Hallo zu sagen, aber wie sie vor mir saß, sah ich nur eine schöne Frau, Mitte bis Ende fünfzig, blondes Haar im stilvollen Pixie-Schnitt, dezentes Make-up, das ihre blauen Augen betonte, unglaublich dicke und dunkle Wimpern, die mich vermuten ließen, sie seien falsch, und eine schlanke Figur, die mir sagte, dass sie für eine tote Frau gerne in Form blieb. Sie ähnelte in keiner Weise der guten Fee, an die ich mich aus meiner Kindheit erinnerte.

Ich wandte mich wieder der Windschutzscheibe zu, stopfte mir ein paar Cheez-Its in den Mund und dachte über die Wendung der Ereignisse nach, die Gianna in mein Auto gebracht hatte. Tot, offensichtlich. Es sei denn, das Blut, das ihr hellblaues Kleid verunstaltete, war falsch. Kunstblut fürs Kostüm. Aber sie war aus dem Nichts aufgetaucht, also fühlte ich mich ziemlich sicher in meiner ersten Einschätzung.

„Also..." Ich schluckte meinen Mundvoll Cheez-Its hinunter. „Du bist einfach eine ganz normale gute Fee? Nicht die Horror-Version oder so was?"

- „Horror-Version? Wovon um alles in der Welt redest du?" Sie plusterte den Tüll um sich herum auf und schien tatsächlich ahnungslos zu sein, was das Blut und ihren nicht-lebenden Status betraf.

„Eigentlich bin ich froh, dass ich dich erwischt habe", sagte sie, als wäre sie nicht gerade im Ballkleid mit Blutflecken auf dem Vordersitz meines Autos materialisiert.

„Oh? Warum das?" Ich erwartete zu hundert Prozent, dass Gianna sagen würde, sie sei ermordet worden und wolle, dass ich ihren Mörder finde. So funktionierte es normalerweise. Geister fanden mich, und ich fand heraus, wer sie getötet hatte.

Vorausgesetzt natürlich, sie waren ermordet worden.

Seit mein bester Freund Ben gestorben war und als Geist zu mir zurückgekehrt war, konnte ich Geister sehen. Ich bin ein Geistermagnet. Oder genauer gesagt, eine Geisterdetektivin. Ich helfe den lieben Verstorbenen, das Rätsel ihres Todes zu lösen, gebe ihnen Seelenfrieden und Gerechtigkeit, was ihnen ermöglicht, ins Jenseits zu gehen.

Außer Ben, der beschlossen hatte zu bleiben. Und wenn ich „spuken" sage, meine ich das nicht im Sinne von klappernden Ketten und Stöhnen mitten in der Nacht. Ben hängt einfach bei mir ab. Es ist fast wie normal. Außer, dass er tot ist. Und nur ich ihn sehen, hören und mit ihm sprechen kann. Habe ich erwähnt, dass ich auch mit Bens Katze Thor reden und sie verstehen kann? Ich stimme zu – die ganze Sache ist ziemlich unheimlich. Wir wissen nicht wirklich warum, außer dass Bens alte Nachbarin mit Hexerei herumpfuschte und in der Nacht, als Ben ermordet wurde, ein bisschen Hokuspokus veranstaltete, was zu... diesem Ergebnis führte. Ich, die mit Geistern spricht und sie sieht.

„Ich will dich anheuern", sagte Gianna.

Ich schob mir noch einen Cheez-It in den Mund. „Ach ja? Wofür?" *Jetzt kommt's.*

„Jemand versucht, mich zu erpressen, und ich möchte, dass du herausfindest, wer es ist, und die Sache unterbindest. Aber das muss unter dem Radar bleiben. Niemand darf davon erfahren. Niemals. Auf gar keinen Fall."

Ich hörte auf zu kauen. Meine Hand – die bereits in der Cheez-It-Schachtel nach einer weiteren Portion griff – erstarrte. „Erpressung?" Damit hatte ich nicht gerechnet, mit *dem* nicht. „Erzähl mir mehr."

- „Ich habe eine E-Mail bekommen, in der Geld gefordert wird, sonst würden sie freizügige Fotos aus meiner Jugend veröffentlichen."

Ich fing wieder an zu kauen. „*Gibt* es denn freizügige Fotos aus deiner Jugend?"

Sie rümpfte die Nase. „Wer weiß schon? Meine Jugend ist sehr lange her. Jedenfalls habe ich nicht die Absicht zu zahlen, aber ich kann nicht riskieren, dass dies meine Arbeit beeinträchtigt. Ich möchte nicht, dass unsere Kanzlei in irgendetwas Unschickliches hineingezogen wird, also dachte ich, ich würde einen Privatdetektiv engagieren. Da fiel mir dein Name ein."

- „Warum gehst du nicht zur Polizei?"

Sie warf mir einen Blick zu. „Weil, falls es tatsächlich *freizügige* Fotos gibt, ich will, dass sie vernichtet werden. Die Polizei würde sie als Beweismittel beschlagnahmen."

Natürlich. Aber jetzt war sie tot. Durch die Hand des Erpressers? Warum sollte der Erpresser seine Geldquelle umbringen? Man kann kein Geld von einer toten Person bekommen.

„Wer hat die E-Mail geschickt?", fragte ich.

Sie verdrehte die Augen. „Wenn ich das wüsste, müsste ich dich nicht anheuern." Sie fuchtelte mit einer Hand herum und verfehlte dabei nur knapp die Cheez-It-Schachtel. „Sie kam von einem dieser anonymen E-Mail-Konten. Diese gefälschten, die jeder erstellen kann."

- „Klar. Was stand drin? Genau. Anweisungen für eine Geldübergabe? Eine Frist?"

- „Es waren nur ein paar Sätze. Wahrscheinlich ist es am besten, wenn du sie selbst liest."

- „Vermutlich", stimmte ich zu, während in meinem Kopf verschiedenste Möglichkeiten herumschwirrten. Gianna war eine erfolgreiche Scheidungsanwältin und Partnerin von Beasley, Tate und Associates. Derselben Kanzlei, in der meine Schwägerin Amanda als Rechtsanwaltsgehilfin arbeitete. Aber hinter jedem Erfolgsfall steht ein Verlierer auf der Gegenseite. Meistens verärgerte Ehepartner, die vor Gericht gekämpft und dank

Gianna verloren hatten. Sie hatte wahrscheinlich eine ellenlange Liste von Leuten, die ihr den Tod wünschten.

„Sollten wir nicht langsam gehen?" Sie tippte auf ihr Handgelenk, wo ihre Uhr wäre, wenn sie keine Handschuhe tragen würde.

„Warte nur noch auf Galloway", sagte ich. „Cheez-It?"

Sie hob ihr Kinn in die Luft. „Du weißt schon, dass die ungesund sind, oder?"

Ich klopfte mir den Cheez-It-Staub von den Händen und dachte mir, während wir auf meinen Verlobten warteten, einen der besten Detektive von Firefly Bay und, darf ich erwähnen, verdammt heißen Typen noch dazu, könnten wir ebenso gut der Ursache von Giannas kürzlichem Ableben auf den Grund gehen.

„Erzähl mir von deinem Nachmittag."

Sie runzelte die Stirn. „Warum?"

- „Damit ich ein Gefühl dafür bekomme, wer du bist, wie dein üblicher Tagesablauf aussieht, diese Art von Dingen", log ich. Wenn ich ihre Erinnerung aufrütteln könnte, sie dazu bringen könnte, sich an ihren Mord zu erinnern, könnten wir dieses Rätsel schnell lösen, und ich würde trotzdem zum Ball gehen können. Egoistisch, aber was soll's, wenn ich mir schon eine improvisierte Perücke aus Stroh basteln musste, dann war es nur fair, dass ich zum Ball gehen durfte.

„Heute war nicht gerade ein gewöhnlicher Tag", sagte sie.

„Wegen des Balls?", fragte ich und griff nach einem weiteren Cheez-It aus der Packung, die ich zwischen meinem Sitz und der Mittelkonsole eingeklemmt hatte.

„Offensichtlich. Ich musste heute Morgen ein paar Dinge im Büro erledigen—"

„Arbeitest du normalerweise samstags?", unterbrach ich sie.

Sie zuckte mit einer Schulter. „Normalerweise ja. Das Büro ist ruhig, und es gibt mir die Möglichkeit, Fallakten und so weiter für die Gerichtsverhandlung am Montag durchzugehen."

- „Aha. Du warst also im Büro. Und dann?"

Sie schwieg einen Moment, dann tippte sie wieder auf ihr Handgelenk. „Wir müssen los. Die Kanzlei veranstaltet eine private Soiree vor dem Ball, und dieses Jahr findet sie bei mir zu Hause statt. Ich muss da sein."

„Ihr feiert eine Party vor einer Party?", ich war mir nicht sicher, ob das genial oder einfach nur extravagant war.

Sie neigte den Kopf. „Richtig. Es ist eine Möglichkeit für uns, unserem Personal zu danken und ein bisschen Spaß zusammen zu haben, bevor der Ball beginnt. Der Ball ist mehr Networking und Schmeichelei." Ihre Stimme hatte eine scharfe Kante, die ihre Irritation darüber zeigte, dass wir uns nicht bewegten, und ich konnte sehen, was andere sahen, die stählerne Anwältin, die keinen Unsinn duldete.

„Magst du das Networking und Schmeicheln nicht?", bohrte ich nach und fragte mich, ob ich den Bären reizte, denn ihre Laune schien sich verschlechtert zu haben.

„Wenn du so gut in deinem Job bist wie ich, wirst du zum öffentlichen Eigentum. Das kann... ermüdend sein." Dann kräuselte ein verschmitztes Grinsen ihre Mundwinkel. „Aber profitabel."

- „Also ist heute nichts... *Ungewöhnliches...* passiert?" *Wie zum Beispiel, dass du ermordet wurdest?*

„Was um Himmels willen willst du damit sagen?", verlangte sie zu wissen, ihr Kopf schnellte herum und ihre Augen nagelten mich mit einem glühenden Blick auf meinen Sitz. Ich schluckte. Ihre Augen konnten dich ausziehen und deine Seele häuten. Ich wollte nicht auf der gegnerischen Seite von Gianna Tate in einem Gerichtssaal stehen.

Ihren Blick ignorierend, machte ich weiter. „Du

willst mich auf dem Fall haben, dann muss ich auch die Fragen stellen. Tut mir leid."

„In Ordnung." Sie nickte kurz und ließ sich in ihren Sitz zurücksinken, starrte durch die Windschutzscheibe. Die Aussicht war nicht spektakulär. Wir standen in meiner Einfahrt und warteten darauf, dass Galloway sich sein Kostüm anzog, nur dass er sich dabei viel Zeit ließ. Was irgendwie überflüssig war. Denn seit Gianna aufgetaucht war, würde es keinen Ball geben. Wir mussten ihre Leiche finden.

Ich hatte das Gefühl, dass Amanda mir gewaltig auf den Keks gehen würde, wenn die Nachricht von Giannas Tod bekannt werden würde. Nicht, dass sie das nicht schon tat. Amanda war auf einem Kreuzzug, um mich zu *reparieren*. Nicht, dass ich repariert werden müsste. Ich bin tollpatschig, nicht kaputt, und wir hatten uns über diese kleine Tatsache mehr als einmal in die Haare gekriegt. Derzeit genossen wir einen Waffenstillstand, aber Giannas Ermordung würde das empfindliche Gleichgewicht, das wir hergestellt hatten, stören. Ich seufzte und stopfte mir mehr Cheez-Its in den Mund.

„Also, nach dem Büro bist du nach Hause gegangen und hast dich umgezogen?"

Sie blickte auf das Ballkleid hinab und strich mit den Händen über den voluminösen Rock. „Ich schätze schon? Ich kann mich nicht wirklich erinnern. Wie bin ich hierher gekommen?"

„Keine Ahnung. Du siehst übrigens bezaubernd aus."

Gianna schmolz dahin wie Butter auf einem heißen Pfannkuchen. „Danke." Sie zupfte an den kurzen Haarsträhnen in ihrem Nacken. „Ich wollte eigentlich eine Perücke tragen, habe mich am Ende aber dagegen entschieden. Sie sind so heiß. Und jucken."

Ich schnaubte. „Du solltest mal Stroh probieren. Das gibt dem Wort 'jucken' eine völlig neue Bedeutung."

Die Haustür meines Hauses öffnete und schloss sich, und ein nervöser Schauer lief mir über den Rücken. Ich lehnte mich gegen das Lenkrad und beobachtete, wie Galloway zielstrebig auf mich zukam. Er war die verdammt sexieste Vogelscheuche, die ich je gesehen hatte. Ich liebte ihn dafür, dass er bereit war, in was sicherlich ein gewisses Maß an Unbehagen sein musste, wenn man nach dem Stroh urteilte, das aus seinen Ärmeln und Hosenbeinen herausragte, nur damit wir zusammenpassten.

Er muss gespürt haben, wie ich ihn anstarrte, denn er blickte auf, fing meinen Blick ein und grinste, und ich konnte mich kaum zurückhalten, mir nicht Luft zuzufächeln und ohnmächtig zu werden.

„Oh mein-!" Gianna hatte keine solchen Hemmungen.

Als ich mich an unseren ungebetenen Geist erinnerte, der gerade auf dem Beifahrersitz mitfuhr, deutete ich mit dem Daumen an, dass Galloway hinten einsteigen sollte. Sein Schritt stockte ganz leicht, bevor er kaum merklich nickte und seine Richtung entsprechend änderte.

„Du siehst fantastisch aus." Ich drehte mich auf meinem Sitz um, um ihn anerkennend zu mustern, nachdem er sich auf dem Rücksitz niedergelassen hatte.

„Danke. Du auch. Liebe das Make-up." Er zwinkerte, und ich erinnerte mich, dass ich mir die Nasenspitze angemalt, runde rote Punkte auf meine Wangen gesetzt, Wimpern wie eine Cartoon-Puppe aufgezeichnet und einen dieser Slasher-Münder mit den Stichen gemalt hatte. Ich hatte mich ziemlich niedlich gefühlt, bis Gianna wie Cinderella auf meinem Beifahrersitz aufgetaucht war.

Galloway hatte sein Handy in der Hand und

einen verlegenen Blick im Gesicht. „Schatz, ich hasse es, das zu tun, aber..."

- „Wir können nicht zum Ball," beendete ich den Satz für ihn. Ich neigte meinen Kopf in Richtung des Beifahrersitzes, um auf meinen toten Beifahrer hinzuweisen. „Gianna Tate ist bei uns."

Galloway warf einen Blick auf das, was für ihn wie ein leerer Sitz aussah, dann auf sein Handy und wieder zurück zu mir.

„Ging es bei dem Anruf um Gianna?", fragte ich und biss mir auf die Lippe. Es war knifflig, wenn der Geist, dem du halfst, nicht wusste, dass er ein Geist war. Galloway, Gott segne seine Baumwollsocken, begriff schnell. „Wir wurden zu einem Vorfall in Giannas Haus gerufen", bestätigte er.

„Oh, super!", Gianna drehte sich auf ihrem Sitz um, um ihn anzustrahlen. „Sie können mich bei mir zu Hause absetzen, und ich kann mit allen anderen zusammen mit der Limousine zum Ball fahren. Das läuft ja perfekt."

Und so kam ich bei Giannas Villa an. Anders als Cinderella mit ihrem Kürbis und ihren Mäusen, sondern in einem metallicblauen Honda CR-V, mit einer heißen Vogelscheuche und einem Geist.

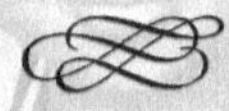

KAPITEL 2

„*A*udrey!"

Als ich vom Steuer aufstand, richtete ich mir selbstbewusst den Latz meiner Latzhose zurecht. Mir war klar, dass mein Vogelscheuchenkostüm alles andere als glamourös war. Nicht dass Amanda das interessierte. Tatsächlich hatte ich meine Schwägerin noch nie so gesehen. Verzweifelt, aber auch als Vampirin.

„Hey, Amanda." Ich gab ihr eine schnelle Umarmung, bevor ich ihr Kostüm musterte. Langes schwarzes Kleid, ihre blonden Haare durch eine schwarze Perücke ersetzt, ihr Gesicht mit blasser Schminke bedeckt, eingesunkene Augen, übertriebene Adern um sie herum gemalt und blutrote Lippen. Von den Reißzähnen ganz zu schweigen.

„Ich kann es einfach nicht glauben." Ihre Stimme zitterte, während sie meine Hände ergriff und unangenehm fest umklammerte. „Es ist so ein Schock."

- „Ich weiß", sagte ich und warf einen Blick auf meinen Bruder Dustin, der seiner Frau beruhigend über den Rücken strich. „Graf Dracula, nehme ich an?"

Er nickte, sein Gesicht wirkte ernst unter der dicken Schminke. „Ja. Amanda ist Lady Dracula."

Wir standen vor Giannas Villa – denn, diesen Ort ein Haus zu nennen, wäre eine Untertreibung. Das Anwesen war r-i-e-s-i-g! Es hatte eine dieser kreisförmigen Auffahrten, wo man auf einer Seite rein- und auf der anderen wieder rausfuhr, ohne jemals rückwärts fahren zu müssen. In der Mitte ein Springbrunnen. Insgeheim träumte ich von so einer Auffahrt. Nur hatte ich sie mir nicht unbedingt im Schein roter und blauer Blinklichter vorgestellt.

Galloway entfernte sich, um mit einem der wartenden Polizisten zu sprechen. Gianna entdeckte die Stretch-Limousine, die mit offenen Türen parkte – der Chauffeur drehte seinen Hut nervös in den

Händen – und eilte hinüber, um sich drinnen niederzulassen, aufgeregt, zum Ball zu fahren.

Ich wandte meine Aufmerksamkeit Amanda zu: „Kannst du mir sagen, was passiert ist?"

Sie schniefte und ließ meine Hände los, fuhr sich mit den Fingern unter die Augen und verschmierte ihre Schminke. Ich hatte sie noch nie so durcheinander gesehen. Am liebsten hätte ich mein Handy herausgeholt und ein Foto gemacht, aber ich konnte mich nicht dazu überwinden. Wenn ich bloß nicht so ein Weichei wäre.

„Ich weiß nur, dass sie tot ist."

- „Wer hat sie gefunden?"

Amanda sah sich um, bis ihre geröteten Augen auf einer Frau in einem La Calavera Catrina Día de los Muertos-Kostüm landeten. „Carolyn hat sie gefunden. Wir waren alle im Ballsaal, als die Limousine ankam. Gianna war nach oben gegangen, für irgendwas, ich weiß nicht genau wofür, um ihr Make-up aufzufrischen oder etwas an ihrem Kleid zu richten? Sie hat nichts gesagt. Sie meinte nur, sie müsse schnell etwas erledigen und ging in ihr Schlafzimmer."

- „Aber sie kam nicht wieder runter." Es war keine Frage, aber Amanda antwortete trotzdem.

„Nein." Sie räusperte sich. „Also, ja, die Limousine kam an, und wir gingen raus, um einzusteigen, während Carolyn nach oben ging, um Gianna zu holen."

Galloway fing meinen Blick auf und winkte mich zu sich. Nachdem ich Amanda noch einmal beruhigend auf die Schulter geklopft hatte, entschuldigte ich mich und gesellte mich zu ihm auf die Veranda.

„Ist sie hier?" Er hielt seine Stimme leise, nur für meine Ohren bestimmt.

„Sie ist in der Limousine, und sie weiß nicht, dass sie tot ist", flüsterte ich.

„Verdammt. Ich hatte gehofft, sie könnte ihren Mörder identifizieren, und wir könnten die Sache schnell abschließen."

- „Also, wir können zum Vogelscheuchen-Ball gehen?", fragte ich hoffnungsvoll.

„Damit wir die Presse besänftigen können", erwiderte er emotionslos.

„Oh! Richtig. Okay." Natürlich. Es war ein prominenter Fall, tadelte ich mich selbst. Gianna Tate war nicht nur wohlhabend, sondern auch eine sehr erfolgreiche Anwältin und Unternehmerin. Die Presse würde sich darauf stürzen. Während ich noch darüber nachdachte, fuhr ein Van mit dem Logo eines lokalen Fernsehsenders hinter meinem Auto in die Einfahrt.

„Jacobs, kümmern Sie sich darum. Richten Sie eine Absperrung bis zur Straße ein", bellte Galloway.

Officer Sarah Jacobs nickte kurz und ging auf den Van zu, forderte sie mit einer Geste auf, wegzufahren, schüttelte den Kopf und streckte ihren Arm aus, in Richtung Straße zeigend. Ich hörte sie *Tatort* und *kein Kommentar* sagen.

„Gehen wir rein." Galloway nahm meinen Ellbogen und führte mich über die Schwelle. Giannas Villa war... nun, sie war genau so, wie man sich eine Villa vorstellt. Die Eingangshalle konnte mit jedem Fünf-Sterne-Hotel mithalten, komplett mit einem dominanten Kronleuchter, der von der Decke hing, und riesigen Vasen voller opulenter Blumenarrangements.

„Schönes Anwesen." Eine prächtige Treppe schwang sich auf beiden Seiten der Eingangshalle nach oben und traf sich an der Spitze zu einem Laufsteg. „Aber groß für eine Person. Sie muss hier ganz allein ziemlich verloren gewesen sein."

- „Ihre Leiche ist oben. Hier entlang."

Ich folgte Galloway durch die Eingangshalle und hielt inne, um durch eine Reihe französischer Türen in das zu schauen, was der Ballsaal sein musste, den Amanda erwähnt hatte. Es war ein riesiger Raum mit einer glitzernden Discokugel, die von der Decke hing, sich noch immer drehte und Lichtscherben an die Wände warf. Sofas, Stühle und Beistelltische waren strategisch im Raum platziert, zusammen mit einer Bar mit einer verspiegelten Rückwand und Regalen für Spirituosen. Girlanden hingen quer über der Decke, und mit Helium gefüllte Ballons tanzten an den Enden goldener Bänder.

Als er bemerkte, dass ich nicht hinter ihm war, drehte Galloway sich auf dem Absatz um, um zu sehen, was ich betrachtete. „Sieht aus, als hätte sie häufig Gäste empfangen", kommentierte er. „Das ist eine beeindruckende Einrichtung."

- „Sie sagte mir, dieses Jahr sei sie mit der Ausrichtung der Vorfeier an der Reihe. Vor dem Vogelscheuchen-Ball veranstalten sie eine Soiree für die Mitarbeiter von Beasley, Tate und Partner."

- „Das würde das Servicepersonal draußen bei den Gästen erklären." Er legte seine Hand an meinen unteren Rücken und führte mich die Treppe hinauf, bog rechts ab, einen Flur entlang zu einem Paar massiver Doppeltüren am Ende. Eine Tür stand offen, und wir schlüpften hindurch.

„Fass nichts an", sagte Galloway zu mir und nahm

ein Paar Latexhandschuhe von Sergeant Jamie Powell entgegen, der uns an der Tür empfing.

„Der Gerichtsmediziner ist noch unterwegs", sagte Powell und nickte mir kurz zur Begrüßung zu. „Die Leiche ist im Ankleidezimmer."

- „Beginnen Sie mit der Befragung aller Anwesenden, Personal und Gäste. Bringen Sie sie alle in den Ballsaal, aber schalten Sie vorher die Discokugel und die Musik aus. Niemand darf gehen, verstanden?"

- „Jawohl, Sir!" Powell ging, und ich folgte Galloway, der sich die Handschuhe überstreifte, wobei das Schnappen des Latex an seiner Haut in der Stille von Giannas Schlafzimmer unnatürlich laut klang. Ich musterte die Wände und fragte mich, ob sie eine Schalldämmung hatte einbauen lassen.

„Sie hat mich angeheuert, weißt du", sagte ich.

Galloway blieb stehen, und ich lief in seinen Rücken, prallte ab und wäre fast auf meinen Hintern gelandet, wenn er nicht blitzschnell eine Hand ausgestreckt und mein Handgelenk gefangen hätte, als ich herumfuchtelte. „Was?"

- „Nun, sie *wollte* es tun. Das hat sie gesagt. Nur ist sie gestorben, bevor sie es offiziell machen konnte. Aber ich übernehme den Fall trotzdem."

Er schnaubte. „Na gut. Ich schätze, ich kann dich mithelfen lassen."

- „Mithelfen?" Meine Stimme schoss eine Oktave nach oben. „Hast du mithelfen gesagt? Ich kann sowohl den Erpressungsfall *als auch* diesen stinknormalen Mord lösen."

Galloway lachte. „Keine Sorge, Fitz, wir werden den Fall wahrscheinlich vor dir abschließen."

- „Wirklich? Nun, vielleicht hättest du Lust, die Sache... interessanter zu gestalten?" Ich verengte meine Augen und schaute, ob er auf den Köder anbeißen würde.

„Wow. Warte mal. Willst du etwa wetten, wer den Fall zuerst löst? Das ist krank. Was gewinne ich?"

Ich grinste. „Abendessen im Restaurant nach Wahl des Gewinners."

- „Und kostenlose Rückenmassagen für eine Woche."

- „Abgemacht."

- „Abgemacht."

Galloway beugte sich vor und senkte seine Stimme. „Kein Wort zur Gerichtsmedizinerin über all das. Sie bringt uns um."

- „Geheimnisse, Mord und Glücksspiel. Drei meiner Lieblingsdinge."

- „Ich wusste gar nicht, dass du spielst."

- „Tue ich nicht, aber ich brauchte etwas, das passt."

- „Ja, ja. Guter Spruch. Okay, lass uns anfangen." Er machte einen Schritt vorwärts, hielt inne und drehte sich zu mir um. „Zuerst ein paar Grundregeln."

Ich verdrehte die Augen. „Okay, von mir aus. Was?"

- „Ich lasse dich am Tatort herumschnüffeln, vorausgesetzt, du teilst alles, was Gianna dir erzählt."

Hmmm. Meine Fähigkeit, mit Geistern zu sprechen, war meine Geheimwaffe – aber nicht besonders hilfreich, wenn das Opfer sich an nichts erinnerte. Andererseits war der Zugang zum Tatort nicht zu verachten.

„Okay, meinetwegen, was auch immer."

Galloway musterte mich aufmerksam. „Nur damit wir uns verstehen, wir *teilen* Informationen."

Mit hinter dem Rücken gekreuzten Fingern schenkte ich ihm mein süßestes Lächeln. „Ja, Schätzchen."

Er hielt meinen Blick ein paar Sekunden lang fest, bevor er schmunzelte und zum Tatort weiterging, mit mir dicht auf den Fersen.

Gianna Tates Garderobe war so groß wie mein Schlafzimmer. Ein Traum. An den Außenwänden des Raumes befanden sich Kleiderständer über Kleiderständer mit Kleidern und Anzügen. Eine Insel mit Marmorplatte, die an beiden Seiten entlanglief, stand in der Mitte des Raumes. Neben der Bank lag Giannas Körper, mit dem Gesicht nach unten auf dem Teppich, ein Arm zur Tür hin ausgestreckt. Sie trug ihr Kostüm als gute Fee.

Galloway kauerte neben ihr, während ich an ihren Füßen stand und beobachtete, wie er die Szene untersuchte. „Sie war auf dem Weg zur Tür", sagte er. „Sie verließ die Umkleidekabine, als sie von ihrem Angreifer überrascht wurde." Er blickte zu mir und dem zweifellos leeren Ausdruck auf meinem Gesicht. „Die Richtung ihres Körpers, die Art, wie ihr Arm vor ihr ausgestreckt ist, verrät mir die Richtung."

- „Oooooh. Also, du meinst, sie hat nicht versucht wegzulaufen. Sie vertraute ihrem Mörder. Es war jemand, den sie kannte. Jemand, der hier sein durfte."

„Du begreifst schnell."

Ich zwinkerte. Zumindest hoffte ich das. Es gab Momente, in denen ich ein Zwinkern nicht ganz hinbekam und stattdessen einen verzwickten Blinzler lieferte. „Ich hatte einen guten Lehrer."

- „Wenn ihr beide dann fertig seid", sagte eine

Frauenstimme hinter mir und ließ mich zusammenzucken.

Galloway stand auf. „Gerichtsmedizinerin."

- „Detective. Was haben wir hier?"

- „Gianna Tate, fünfundfünfzig, weiblich, vor etwa dreißig Minuten von einer Kollegin tot aufgefunden."

- „Und das ist?" Die Gerichtsmedizinerin warf mir einen Blick zu, den ich nicht deuten konnte. Entweder war sie verärgert, eine nicht identifizierte Person an ihrem Tatort zu haben, oder sie versuchte, mein Kostüm zu verstehen. Möglicherweise beides.

„Privatdetektivin Audrey Fitzgerald", sagte Galloway gelassen, unbeeindruckt von der kühlen Art der Gerichtsmedizinerin. „Audrey, das ist unsere Vertretungs-Gerichtsmedizinerin, Rachel Sanderson."

- „Was macht eine Privatdetektivin an meinem Tatort?" Sie sagte es, als hätte sie in Hundekot getreten. Und jetzt wusste ich, warum Galloway nicht wollte, dass sie Wind von unserer kleinen Wette bekam. Sie würde uns *tatsächlich* erschießen.

„Gianna war meine Klientin." Ich ging davon aus, dass die Gerichtsmedizinerin sich nicht die Mühe machen würde, tief genug nachzuforschen, um festzustellen, ob das die Wahrheit oder eine Lüge war. Ich befand mich in dieser Grauzone – teilweise Wahrheit.

„Wozu würde eine Anwältin von Gianna Tates Kaliber eine Privatdetektivin brauchen?"

- „Erpressung."

Sie zog eine Augenbraue hoch, und ich verfluchte ihre Fähigkeit. „Erklären Sie."

„Jemand versuchte, sie zu erpressen. Sie hat mich angeheuert, um herauszufinden, wer."

Gerichtsmedizinerin Rachel Sanderson ging mir auf die Nerven. Trotzdem schien sie mit meinen Antworten zufrieden zu sein, denn sie forderte nicht, dass ich den Tatort verlasse, wofür ich äußerst dankbar war. Wenn ich Galloway beim Lösen des Falls schlagen wollte, brauchte ich einen guten Überblick, um selbst zu sehen, was passiert war.

„Fassen Sie nichts an", sagte Rachel, stellte ihren Koffer ab und zog ihre Handschuhe an. Sie tastete entlang Giannas Wirbelsäule und um ihren Nacken und Schädel. „Kein stumpfes Trauma, soweit ich das beurteilen kann. Drehen wir sie um."

Ich biss mir auf die Zunge, um nicht herauszuplatzen, wie Gianna gestorben war. Das üppige Volumen von Giannas Kleid verbarg zweifellos die Blutlache unter ihrem Körper, aber sobald sie sie umdrehten, würde die Todesursache offensichtlich sein.

„Ah", nickte Rachel, als sie sah, was ich schon in dem Moment bemerkt hatte, als Gianna in meinem Auto erschienen war. Der Blutfleck auf der Vorderseite ihres Kleides und das kleine Loch im Stoff ihres Oberteils.

„Was denkst du? Ein Messer?", fragte Galloway und beugte sich vor, um einen guten Blick auf die Wunde zu werfen.

„Das Loch ist zu klein für ein Messer. Ein kleiner, runder Gegenstand wie ein Eispickel oder Schraubenzieher."

„Oder eine Kugel."

Rachel schwang ihren Kopf, um mich anzuschauen. „Sie glauben, sie wurde erschossen?"

Ich zuckte mit den Schultern. „Das ist doch eine Möglichkeit, oder?"

- „Keine Austrittswunde." Rachel schnüffelte und wandte ihre Aufmerksamkeit wieder dem Körper zu. „Keine Schmauchringe um die Wunde. Höchst unwahrscheinlich, dass sie erschossen wurde."

Ich schaute zu Galloway, der mich beobachtete. Ich hielt seinem Blick stand. „Mir scheint, dass sie überrascht wurde. Dass sie ihren Angreifer kannte. Sie versuchte nicht zu fliehen. Vielmehr ging sie *auf* die Tür zu, durch die vermutlich unser Mörder den Raum betreten hat."

- „Worauf wollen Sie hinaus?" Wenn Rachels Stimme noch frostiger würde, hätte ich Eiszapfen an mir hängen.

„Dass man sich wegdrehen und zu fliehen versuchen würde, wenn jemand mit einer Waffe auf einen zukäme."

- „Ein Schraubenzieher oder Eispickel sind Gelegenheitswaffen. Sie hat den Mörder vielleicht nicht als Bedrohung wahrgenommen."

- „Das stimmt natürlich", räumte ich ein. „Aber um sie zu erstechen, müsste man ihn auch wie eine Waffe halten, oder? Und Gianna ist eine erstklassige Anwältin mit, so würde man annehmen, ziemlich guten Beobachtungsfähigkeiten..."

- „Also würde sie bemerken, wenn sich jemand, dem sie vertraut, mit, sagen wir mal einem Eispickel, auf eine Art nähert, die sie als bedrohlich empfindet, dann würde sie sich wegdrehen. Sie würde versuchen, die Kücheninsel zwischen sich und die andere Person zu bringen", schloss Galloway.

„Genau." Ich verschränkte die Arme. „Deshalb denke ich, dass sie vielleicht erschossen wurde."

- „Das werden wir mit Sicherheit feststellen, wenn ich die Autopsie durchführe", schnappte

Rachel. „Sie sollten besser kein Stroh auf meinen Tatort fallen lassen."

Meine Hände schossen zu meinem Kopf, wo der orangefarbene Strohhalm noch immer unter meiner Mütze hervorlugte. Ich hatte das Unbehagen kurzzeitig vergessen, aber jetzt, da Rachel meine Aufmerksamkeit darauf gelenkt hatte, war der Juckreiz zehnmal schlimmer.

KAPITEL 3

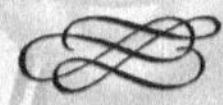

Amanda redete. Das wusste ich, weil ihre Lippen sich bewegten und ihre Hände gestikulierten, aber mit meiner juckenden Kopfhaut und ihrem vampirischen Make-up, das mich ablenkte, nahm ich kaum ein Wort wahr. Nachdem es oben nichts mehr zu sehen gab, war ich in den Ballsaal hinuntergegangen. Ich dachte, ich würde bei den Zeugenaussagen, die die Beamten sammelten, mithören, mir damit Arbeit ersparen und potentiell Galloway beim Lösen des Falls schlagen. Ich freute mich besonders auf eine Woche Rückenmassagen.

„Hörst du mir überhaupt zu, Audrey?", jammerte Amanda und boxte mich in die Schulter.

„Au!", beschwerte ich mich und rieb die Stelle, wo

der Totenkopfring, den sie trug, meine Haut getroffen hatte.

Amanda war sofort voller Entschuldigungen. „Oh mein Gott, es tut mir so leid. Ich hab vergessen, dass ich dieses blöde Ding trage."

- „Entspann dich. Es ist okay." Ich beäugte meine Schwägerin, die ganz zappelig war und blutunterlaufene Augen hatte. Es war faszinierend, sie so aus der Fassung zu sehen, aber auch traurig. Trotz unserer Unterschiede mochte ich es nicht, sie so verzweifelt zu sehen.

„Erzähl mir von allen, die heute Abend hier sind", schlug ich vor. „Und als was sie verkleidet sind, denn ehrlich gesagt sind einige dieser Kostüme unglaublich und das Make-up ist außergewöhnlich."

Amanda faltete ihre Hände, senkte den Kopf und holte tief Luft, bevor sie ihr Kinn hob und mir direkt in die Augen sah.

„Beasley, Tate und Associates wurde vor achtzehn Jahren von Felix Beasley gegründet – er ist da drüben, als Mafioso verkleidet - und von Gianna Tate gegründet. Damals waren es nur Felix, Gianna und Carolyn."

- „Carolyn?", stürzte ich mich auf den Namen. „Ist sie nicht diejenige, die Giannas Leiche gefunden hat?"

- „Ja." Amanda zeigte auf sie. „Das ist sie da drüben, als La Calavera Catrina verkleidet. Sie ist unsere Rezeptionistin."

Ich wünschte, ich könnte meine Augenbrauen daran hindern, sich ständig zu bewegen, denn jedes Mal, wenn sie vor Überraschung hochschossen, juckte meine Stirn wie der Teufel, und ich konnte nicht anders, als zu kratzen. Meine Überraschung war, dass wenn Carolyn seit achtzehn Jahren bei der Firma war, warum war sie immer noch in der Rolle der Rezeptionistin?

„Wie alt ist sie?" Es war schwierig, Carolyns Gesichtszüge mit dem weißen, schwarzen und roten Zuckerschädel-Make-up zu erkennen oder ihr Alter zu erraten. Dennoch schätzte ich, dass sie älter war als die meisten Leute hier heute Abend, von ihren vernünftigen flachen Schuhen und ihrer gebeugten Schultern her.

Amanda schaute zur Decke, während sie durch ihre Gehirndatenbank blätterte, bevor sie die Antwort fand und ihren Blick wieder auf mich richtete. „Sie ist achtundfünfzig."

- „Ziemlich alt für eine Rezeptionistin."

- „Sei nicht so alterdiskriminierend." Amanda verteidigte sofort ihre Kollegin.

„Es ist nur eine Beobachtung", protestierte ich,

während ich die ältere Frau in ihrem schwarzen Kleid mit roten Rosen im Haar und bemaltem Gesicht musterte. Sie war schlank, und als ich sie jetzt ansah, konnte ich eine gewisse faltige Haut um ihren Hals erkennen. Ich würde nicht sagen, dass sie gebrechlich aussah, aber sie hatte definitiv nicht den Schwung und die Vitalität der jungen Frau an ihrer Seite. „Wer ist das neben ihr?"

- „Das ist Chloe Hawkins. Sie ist unsere Familienrechtsassistentin und Büromanagerin."

Chloe hatte sich auch für ein Tag-der-Toten-Thema entschieden. Nur war ihr Kostüm die Zombie-Version. Das graue Gesichts-Make-up mit der Skelett-Schattierung war außergewöhnlich gut gemacht.

„Und wie alt ist Chloe?"

- „Sie ist zweiundzwanzig."

Wieder diese hochgezogenen Augenbrauen. Ich schob einen Finger unter die Krempe meines Hutes und kratzte mich. „Lass mich sicherstellen, dass ich das richtig verstehe. Also, da haben wir Carolyn, die Empfangsdame, die seit achtzehn Jahren bei der Firma ist. Dann haben wir Chloe, die Büromanagerin, die seit..." Ich ließ den Satz unvollendet, damit Amanda ihn ergänzen konnte.

Sie kam der Aufforderung nach. „Ungefähr sechs Monaten."

- „Wow. Und Carolyn war nicht sauer, dass ihr jemanden eingestellt habt, der nicht nur jung genug ist, um ihre Tochter zu sein, sondern dass sie auch für die Position übergangen wurde?"

„Ich war nicht an der Einstellung von Chloe beteiligt, aber es gab nie irgendwelche Feindseligkeiten, also nehme ich an, dass es nie ein Problem war." Sie warf das dunkle Haar ihrer Perücke über die Schulter, während ihre Augen durch den Raum huschten.

Ich machte mir eine gedankliche Notiz, Gianna danach zu fragen.

„Okay, und wer ist die Marilyn Monroe da drüben?"

- „Das ist Jessica Watson. Sie ist Giannas Rechtsanwaltsgehilfin. Die Firma ist aufgeteilt in Treuhand und Nachlassplanung, geleitet von Felix, und Unternehmens- und Familienrecht, geleitet von Gianna."

- „Verstehe. Also bestand Giannas Team aus Jessica, ihrer Rechtsanwaltsgehilfin, und du sagtest, Chloe war die Assistentin für Familienrecht und Büromanagerin, richtig? Ist das jeder aus Giannas Team?"

- „Nein, da sind auch noch diese beiden Zombies. Jack Ayers, Anwalt, und seine Frau Caitlin, seine Rechtsassistentin."

- „Das lässt dich übrig – du bist Felix' Rechtsanwaltsgehilfin, ja? Und dann dieses riesige flauschige Eichhörnchen? Wer ist das?"

Amanda kicherte. „Das ist Hailey Thomas, Anwältin, und ihre Rechtsassistentin ist Evie Riley, verkleidet als Mia aus Plötzlich Prinzessin."

- „Und dieser Typ?" Ich zeigte auf den einzigen Mann im Raum, der kein Kostüm trug.

„Das ist Chris Haiden, Anwalt. Er ist unser Springer."

- „Springer? Was bedeutet das?"

- „Er ist keiner bestimmten Abteilung zugewiesen. Er geht dorthin, wo er je nach Arbeitsaufkommen und Urlaubszeiten gebraucht wird."

- „Und er hat keine eigene Assistentin?" Das würde erklären, warum niemand ein Kostüm für ihn organisiert hatte.

„Nein, er nutzt das vorhandene Personal. Nur die Partner haben Rechtsanwaltsgehilfen. Hailey und Jack haben Rechtsassistenten, aber keine Gehilfen."

Ich nickte und ließ meinen Blick über die einfallsreichen Kostüme schweifen, die die

Mitarbeiter von Beasley, Tate und Associates trugen. Sie hatten die Idee aufgegriffen und sich voll ins Zeug gelegt. Außer Chris Haiden. Gab es neben dem Fehlen administrativer Unterstützung einen Grund, warum er kein Kostüm trug?

„Wer, glaubst du, hat Gianna getötet?", fragte ich Amanda.

Ihre Augen traten auf Stielen hervor, und sie presste ihre Hände an ihre Brust. „Was? Niemand hier! Es war keiner von uns." Sie schüttelte vehement den Kopf. „Das kann nicht sein."

- „Ach? Warum nicht?"

- „Weil wir alle hier waren, in genau diesem Raum. Die einzigen Personen, die gegangen sind, waren Gianna und dann Carolyn, die sie holen ging, als die Limousine ankam."

- „Ihr seid also alle gegenseitig euer Alibi, ist es das, was du sagst." Mist. Jemand in diesem Raum musste Gianna getötet haben, aber wenn niemand gegangen war, wie genau hatten sie das geschafft?

„Genau das sage ich."

Oh oh. Amanda hatte ihre Rechtsanwaltsgehilfin-Stimme aufgesetzt. Sie mochte offensichtlich die Andeutung nicht, dass einer ihrer Kollegen hinter Giannas Mord steckte.

„Ich schlage vor, du befragst das

Servicepersonal", schnüffelte Amanda mit kerzengerade gehaltenem Rücken. „Sie wurden engagiert, um die Party zu bewirten."

Gianna wählte genau diesen Moment, um aufzutauchen. „Warum seid ihr alle noch drinnen?", verlangte sie zu wissen, stand mit in die Hüften gestemmten Händen da und musterte ihr Team mit strengem Blick. „Die Limousine wartet."

- „Wer hat das Servicepersonal engagiert?", fragte ich Amanda und ignorierte Gianna. Ich hoffte wirklich, sie würde keine Szene machen. Wenn Geister Szenen machten, waren sie unmöglich zu ignorieren, und dann war *ich* diejenige, die verrückt aussah.

„Ich denke, es war Carolyn. Wenn nicht sie, dann wahrscheinlich Chloe."

Officer Sarah Jacobs kam näher, Notizblock in der Hand. Sie schenkte mir ein kurzes Lächeln und ein Kopfnicken, bevor sie ihre Aufmerksamkeit Amanda zuwandte. „Haben Sie etwas dagegen, wenn ich Ihnen ein paar Fragen stelle?"

- „Überhaupt nicht. Ich habe Audrey gerade erklärt, wer wer ist."

- „Vielleicht können wir hier rübergehen?" Officer Jacobs führte Amanda zu einer Chaiselongue in der Ecke des Ballsaals.

„Worum geht es da?", fragte Gianna.

Nachdem ich schnell geprüft hatte, dass niemand in Hörweite war, legte ich eine Hand an mein Gesicht und tat so, als würde ich mir die Nase kratzen, während ich antwortete. „Es gab einen Vorfall. Die Polizei muss ein paar Fragen stellen."

- „Was für einen Vorfall?"

- „Du weißt es nicht?"

Ich bekam wieder diesen kalten Blick. „Ich würde nicht fragen, wenn ich es wüsste, oder?" Sie schnalzte mit der Zunge.

„Erzähl mir von Carolyn." Ich nickte in Richtung der älteren Frau, die von dem riesigen Eichhörnchen zu einem Stuhl geführt wurde.

„Was ist mit ihr?"

- „Amanda hat mir erzählt, dass sie seit achtzehn Jahren deine Rezeptionistin ist. Ich hätte gedacht, du hättest sie zur Büroleitung befördert, anstatt extern einzustellen."

Gianna lächelte und nickte. „Ahh. Ja. Carolyn verbringt ihre Tage im Büro damit, das Leben aller ein bisschen einfacher zu machen", sagte sie mit echter Herzlichkeit. „Ihre jahrelange Erfahrung und ihre Begeisterung, sich um die Menschen um sie herum zu kümmern, machen sie zur perfekten Ansprechpartnerin für neue Klienten."

- „Sie klingt wie ein Juwel. Und es machte ihr nichts aus? Nicht befördert zu werden?"

- „Carolyn ist am Ende ihrer Karriere. Sie ist seit 1984 berufstätig, anfangs in Rochester in New York, wo sie gearbeitet und eine Familie großgezogen hat. Sie hat hart gearbeitet. Zu hart, glaube ich. Irgendwann vermisste sie das Meer und kehrte nach Firefly Bay zurück. Das Timing war günstig für uns, als sie als unsere Rezeptionistin zu uns kam. Aber Carolyn hatte nie den Ehrgeiz, die Karriereleiter zu erklimmen. Das hatte sie in Rochester getan, und jetzt wollte sie einfach nur einen netten, stabilen Job, den sie an der Tür lassen und jeden Abend nach Hause zu ihren Katzen gehen konnte." Gianna begann, vor mir auf und ab zu gehen. „Warum fragst du? Glaubst du, sie steckt hinter dem Erpressungsversuch?"

- „Glaubst du das?"

Gianna schnaubte. „Absolut nicht. Carolyn ist Familie. Meine Güte, sie sind alle Familie. Ich bin sicher, du weißt, dass ich nie geheiratet oder Kinder bekommen habe. Beasley, Tate und Associates ist mein Baby."

- „Du bist also hundertprozentig sicher, dass niemand hier dir schaden wollte?"

- „Neunundneunzig Prozent."

Ich runzelte die Stirn. „Neunundneunzig Prozent?"

- „Es gibt einen Mitarbeiter, von dem ich weiß, dass er nicht ganz zufrieden ist", gab sie zu. Meine Augen fielen auf den einzigen Mitarbeiter, der kein Kostüm trug.

„Lass mich raten, Chris Haiden?"

Sie nickte. „Ja, Chris."

„Warum das?"

- „Er hat es ein paar Mal angesprochen, sowohl bei Felix als auch bei mir, dass er kein Springer mehr sein will. Er will ausschließlich im Familienrecht arbeiten."

- „Bedeutet das eine Gehaltserhöhung?"

Sie schüttelte den Kopf. „Nein, es bedeutet, dass er nicht mehr für Treuhand- oder Nachlassmandate eingesetzt wird."

- „Er mag diese Art von Arbeit nicht?"

- „Er sagt, er wollte schon immer Familienrecht machen und hat ein besonderes Interesse an Fällen zum Unterhalt und zu elterlichen Rechten und Pflichten. Wir versuchen, ihm diese Klienten zu geben, wenn sie kommen, also...?" Sie legte den Kopf schief, ihr Mund verzog sich, während sie auf der Innenseite ihrer Wange kaute.

„Gibt es einen Grund, warum du ihn nicht fest einteilen kannst?"

- „Weil wir dann keinen Springer mehr hätten, und den brauchen wir für Zeiten mit hoher Auslastung und um Urlaub und Freistellungen abzudecken."

- „Ahh. Also steckt er in dieser Rolle fest, bis eine Stelle in der Familienrechtsabteilung frei wird?"

- „Richtig. Er wusste das, als wir ihn eingestellt haben."

Gianna hob ihren Arm und winkte Chloe zu, während sie eilig durch den Raum lief, um mit ihr zu sprechen. Natürlich konnte Chloe Gianna weder sehen noch hören, aber Gianna bemerkte das nicht und setzte ihr lebhaftes Gespräch einseitig mit ihrer Angestellten fort.

Langsam bewegte ich mich durch den Raum und hielt immer wieder an, um den verschiedenen Gesprächen zu lauschen. Die meisten drehten sich um den Schock und das Entsetzen über das, was passiert war. Aber eines war sicher. Machen wir daraus zwei Dinge. Erstens ist es Gianna immer noch zu einhundert Prozent unklar, dass sie nicht mehr lebte, und trotz all der Gespräche darüber, befand sie sich in herrlicher Verleugnung. Die zweite Sache? Jeder, einschließlich des

Servicepersonals, war in genau diesem Raum gewesen, als Gianna ermordet wurde, was bedeutete, dass keiner von ihnen es getan haben konnte.

„Hey." Eine Hand auf meiner Schulter ließ mich fast aus der Haut fahren.

Mit der Hand auf meiner Brust, um mein wild schlagendes Herz zu beruhigen, drehte ich mich zu Galloway um. „Du hast mich erschreckt!"

- „Entschuldigung. Kann ich dich kurz ausleihen?"

- „Klar kannst du das." Ich lehnte mich an seine Seite. Er legte einen Arm um meine Taille und führte mich aus dem Ballsaal in die Eingangshalle.

„Na?" Er neigte seinen Kopf in Richtung der Ballsaaltür. „Was denkst du?"

Richtig. Wir hatten vereinbart, Informationen auszutauschen. Wie sollte ich gewinnen, wenn ich ihm alles erzählte? Aber andererseits gab es im Moment nicht viel zu berichten.

Ich kaute an einem Fingernagel, während meine Gedanken rasten. „Ich verstehe nicht, wie irgendjemand in diesem Raum der Mörder sein könnte. Sie geben sich alle gegenseitig Alibis. Sie sagen, niemand hat den Raum verlassen. Außer Carolyn, die Gianna mitteilen wollte, dass die

Limousine angekommen war, und dabei die Leiche fand."

- „Hmmm." Galloway fuhr mit den Fingern über sein stoppeliges Kinn. „Sie könnte sie getötet haben. Behauptet, die Leiche gefunden zu haben, hat sie aber tatsächlich umgebracht."

Ich blickte durch die offene Tür zu Carolyn, die in ihrem Tag-der-Toten-Kostüm dasaß und auf ihre Hände starrte. Sie hatte auf ihren Handrücken und Fingern ein Skelett-Muster gezeichnet, das durch das viele Händeringen nun verschmiert war.

„Ich schätze, das könnte sie." Ich musste zugeben, dass es möglich war, obwohl ich es nicht für wahrscheinlich hielt. „Obwohl ihr Motiv ziemlich dünn ist."

- „Sie hat ein Motiv?"

- „Nicht wirklich. Anscheinend arbeitet sie seit achtzehn Jahren als Rezeptionistin, seit Beasley, Tate und Associates gegründet wurde. Vor sechs Monaten haben sie Chloe als Rechtsassistentin und Büromanagerin eingestellt."

- „Und du denkst, das hat Carolyn verärgert?"

Ich kratzte mich an der Stirn. „Ich sagte ja, es ist dünn als Motiv. Wenn man darüber so sauer wäre, warum würde man dann Monate später erst etwas unternehmen? Und Mord? Ich meine... extrem, findest du nicht? Und sowohl Gianna als auch Amanda haben gesagt, sie ist glücklich in ihrer Rolle als Rezeptionistin, also bin ich mir nicht einmal sicher, ob es überhaupt ein Problem darstellt."

Ein Tumult auf der Galerie über uns ließ uns die Köpfe drehen, als wir zusahen, wie Giannas Leiche, auf eine Trage geschnallt, die Treppe hinuntergetragen wurde. Ich schob vorsichtig meine Hand in Galloways, und er drückte sie tröstend. Gianna zu sehen, einst so lebendig und voller Leben, jetzt in einen Leichensack eingepackt und auf dem Weg ins Leichenschauhaus, war einfach beschissen.

Ich kratzte wieder an meiner Stirn, als mir klar wurde, dass das, was vorher juckte, jetzt feucht war. Ich zog meine Hand weg und untersuchte meine Finger, die mit Blut bedeckt waren. „Mist", flüsterte ich und klopfte an die Taschen meiner Latzhose auf der Suche nach einem Taschentuch.

„Was gibt's?" Galloway schaute zu mir herunter und stutzte dann. „Heiliger Strohsack, Audrey, du blutest! Was hast du gemacht?"

- „Es hat gejuckt!", verteidigte ich mich und versuchte, das Blut abzutupfen, das ich jetzt an meiner Schläfe hinunterlaufen spürte. „Es ist das Stroh."

- „Hier, zieh das aus. Den Hut auch." Galloway

nahm mir vorsichtig den Hut vom Kopf, und das Stroh verteilte sich auf dem Boden um meine Füße, leuchtend orange gefärbt, jetzt aber mit roten Streifen. Er schnappte sich eine Serviette von einem Tisch im Ballsaal und drückte sie auf die selbst zugefügten Kratzspuren auf meiner Stirn.

„Ist es schlimm?" Ich hatte das Gefühl, es war schlimm. Es fühlte sich schlimm an. Es fühlte sich an, als stünde meine Stirn mit tausend brennenden Nadeln in Flammen.

„Kein Wunder, dass es gejuckt hat. Ich hasse es, dir das zu sagen, aber es sieht nach einer allergischen Reaktion aus."

Das kann doch nicht wahr sein! „Wie schlimm ist es?" Ich konnte das Elend in meiner Stimme nicht verbergen. Selbst ohne das störende Stroh brannte und juckte meine Haut noch immer.

Galloway schüttelte den Kopf und gab mir dann einen Kuss auf den Kopf. „Nur ein roter Ausschlag. Und natürlich die Hautschicht, die du beim ganzen Kratzen abgetragen hast. Geh nach Hause und dusch dich, nimm vielleicht ein Antihistaminikum. Ich werde hier noch eine Weile beschäftigt sein."

- „Gianna war meine Klientin. Ich bleibe", protestierte ich und mochte es nicht, nach Hause geschickt zu werden, obwohl ich verzweifelt genau das tun wollte, was er vorgeschlagen hatte.

„Schatz, heute Abend gibt es nicht viel für dich zu tun. Die Spurensicherung am Tatort muss von uns durchgeführt werden."

„Bist du sicher, dass das nicht nur dazu dient, mich aus dem Weg zu schaffen, damit du die Wette gewinnen kannst?"

- „Niemals."

„Na gut. Das gibt mir Zeit, an der Erpressungssache zu arbeiten."

- „Du glaubst, ihr Mord und die Erpressung hängen zusammen?"

Ich nickte. „Kaum ein Zufall, dass Gianna an dem Tag, an dem sie mich beauftragt, ihren Erpresser zu finden, umgebracht wird."

„Das wirft tatsächlich ein ganz neues Licht auf die Sache", stimmte er zu und legte seine Finger um meinen Nacken, um die verspannten Muskeln zu massieren. Ich konnte das Stöhnen der Wertschätzung nicht zurückhalten. „Tut mir leid, dass du den Vogelscheuchen-Ball verpassen wirst", sagte er mir ins Ohr.

„Tut es nicht." Ich seufzte und lehnte mich schwer gegen ihn. „Ich hätte keinen ganzen Abend mit dem Stroh ausgehalten. Wir versuchen es nächstes Jahr wieder mit anderen Kostümen."

Wir folgten Giannas Leiche aus dem Haus und standen nebeneinander, als sie in einen unauffälligen weißen Transporter geladen wurde. Blaue und rote Lichter blitzten lautlos und wurden von den Fahrzeugen reflektiert. Draußen auf der Straße warteten die Medien wie hungrige Hunde, die nach einem Happen suchten, in den sie ihre Zähne schlagen konnten. Ein Schauer lief mir über den Rücken, und ich bekam eine Gänsehaut an den Armen.

Nachdem er mein Erschaudern gespürt hatte, strich Galloway mir beruhigend über den Rücken. „Alles okay?"

- „Ja. Es ist nur, als ob jemand über mein Grab gelaufen wäre."

Ich wusste in dem Moment, als ich das Haus betrat, dass etwas nicht stimmte. Die Cheez-Its auf dem Boden waren ein eindeutiger Hinweis. Ich folgte der Spur von der Haustür den Flur entlang bis zum offenen Wohnbereich am hinteren Teil des Hauses.

„Heilige Scheiße, was ist mit dir passiert?", fragte Ben, während er durch die Küchenwand lief.

„Anscheinend bin ich allergisch gegen Stroh." Mit den Händen in die Hüften gestemmt, betrachtete ich weiter den mit Cheez-Its übersäten Boden. „Kannst du das erklären?"

- „Das war ich nicht!", protestierte er.

Ich schnaubte. „Natürlich warst du es nicht. Du bist körperlos. Wo warst du überhaupt?"

- „Nebenan bei Seb, wir haben Wiederholungen von *Dancing with the Stars* geschaut."

- „Ich dachte, Seb kommt zum Vogelscheuchenball?"

- „Lange Geschichte." Ben rümpfte die Nase.

„Mama! Mama! Mama!" Bandit preschte mit Höchstgeschwindigkeit durch die Katzenklappe, und ihr Anblick ließ mir den Mund offenstehen. Mein Waschbär sah nicht mehr wie ein Waschbär aus. Sie war mit Cheez-It-Staub bedeckt, aber nicht nur das. Blätter, Stöckchen und etwas Braunes und Klebriges klebte in großen Klumpen an ihrem Fell. Ich konnte mir das Augenrollen nicht verkneifen.

„Was hast du angestellt?", fragte ich und zögerte, ihr die erbetene Kratzeinheit hinter den Ohren zu geben, bis ich identifiziert hatte, was da in ihrem Fell klebte.

„Es tut mir leid, Mama." Bandit setzte sich zu meinen Füßen und schaute mit Hundeblick zu mir hoch. „Ich hatte Hunger."

- „Du hast immer Hunger."

- „Ich weiß." Sie hellte auf. „Hey, schau, Cheez-Its. Meine Lieblingsessen." Sie flitzte davon, um einen nahegelegenen Cheez-It zu schnappen und ihn in ihren Mund zu stopfen. Ich meine, ich konnte es ihr nicht verübeln. Meine jüngste Versessenheit mit

Cheez-Its bedeutete, dass die Speisekammer gut bestückt war.

Meine Britisch Kurzhaar-Katze, Thor, quetschte seinen Bauch durch die Katzenklappe und schlenderte gemächlich herein, sein dickes graues Fell makellos. *Typisch.* Thor hatte eine Art, Bandit dazu zu bringen, seine Befehle auszuführen, und Bandit, die wunderschöne Hohlbirne, die sie ist, denkt, alles, was er vorschlägt, sei die brillanteste Idee der Welt.

„Ich nehme an, das war deine Idee?", fragte ich Thor, der sich hinsetzte und mich mit seinen orangefarbenen Augen anschaute.

„Du hättest sie besser verstecken sollen." Er schnüffelte verächtlich.

„Sie waren in der Speisekammer. Die Tür war zu." Ich warf einen Blick auf besagte Speisekammer und stellte fest, dass die Tür sperrangelweit offen stand. Kopfschüttelnd ging ich, um den Schaden zu begutachten. Waschbären waren berüchtigte Müllpandas. Ich hatte Bandit eintrichtern müssen, dass die Speisekammer tabu war, aber wenn Thor sie überzeugt hatte, dass es eine gute Idee sei, die Speisekammertür zu öffnen? Nun, wie man so schön sagt, der Rest ist Geschichte. Offensichtlich musste ich einen Riegel für die Tür kaufen.

„Jetzt weiß ich, was das klebrige braune Zeug ist", sagte ich zu mir selbst und betrachtete das offene Erdnussbuttererglas mitten auf dem Speisekammerboden. Erdnussbutter war auf dem Fenster, auf dem Boden und an den Wänden verschmiert. Und offenbar hatte Bandit sich darin gewälzt. Der Vollständigkeit halber.

Ben prustete hinter mir los. „Weißt du, was das bedeutet?" Er konnte seine Belustigung nicht zurückhalten.

„Ja." Ich sackte zusammen wie ein Luftballon. Meine Stirn brannte; ich wollte dringend duschen und mir das Bühnenmake-up vom Gesicht und alle verbliebenen Strohhalme von der Haut waschen. Aber das musste warten.

„Du musst sie baden!", krähte Ben.

„Ja", wiederholte ich geschlagen. Mit einem Seufzer, den ich bis in meine Zehenspitzen spürte, manövrierte ich um das Chaos auf dem Boden herum und schnappte mir eine Flasche Olivenöl, während ich Ben kichern hörte über die missliche Lage, in der ich mich befand. Aber ich kannte seine Achillesferse. „Schade, dass du mir nicht beim Aufräumen helfen kannst", sagte ich, griff eine Rolle Küchenpapier vom oberen Regal und klemmte sie unter meinen Arm. „Bei all dem, mit Bandits Baden und meiner eigenen Situation? Diese Sauerei muss bis morgen warten."

- „Auf keinen Fall! Das kannst du nicht machen", kreischte Ben.

Ben war ein Sauberkeitsfanatiker. Und ein Ordnungsfanatiker. Als er noch lebte, war sein Zuhause so makellos wie jedes Musterhaus. Jetzt war es mein Zuhause, und ich war fürs Putzen verantwortlich. Es länger als nötig in diesem Zustand zu lassen, war die reinste Folter für ihn.

„Dann solltest du besser loslegen", forderte ich ihn auf, während ich zum Gästebadezimmer ging. „Komm, Bandit."

- „Wohin gehen wir, Mama?", fragte Bandit fröhlich, während sie hinter mir hertrottete – oder eher watschelnd schlurfte. Ich zuckte zusammen bei dem Gedanken, wie unangenehm es für sie sein musste, mit diesem verklebten Fell.

„Wir gehen in ein Tagesspa!", erzählte ich ihr mit übertriebener Begeisterung in meiner Stimme. „Du bekommst eine Schönheitsbehandlung."

- „Wirklich?", Bandit klatschte mit ihren Vorderpfoten zusammen. „Ich liebe Schönheitsbehandlungen."

- „Klar tust du das", dehnte Thor, der uns zweifellos nur zum Amüsement begleitete. Ich hatte Neuigkeiten für ihn, und keine davon war gut.

„Tut mir leid, Kumpel." Ich schloss ihm die Badezimmertür vor der Nase. „Nur für Damen."

Ich grinste über sein übertriebenes Miauen und das anschließende Kratzen an der Tür.

„Thor bekommt keine Schönheitsbehandlung?", fragte Bandit niedergeschlagen.

„Nein, Schätzchen, nur wir beide. Wir haben ein besonderes Date, nur du und ich."

Bandit hellte sofort auf. „Ich mag besondere Dates."

Ich stellte das Öl und das Küchenpapier auf den Waschtisch und betrachtete das Badezimmer, während ich meine Optionen abwog. Bandit war zu groß für das Handwaschbecken. Die Badewanne musste herhalten. Ich drehte den Wasserhahn auf, stellte die Temperatur ein und gab etwas seifenfreie Seife hinein, während ich zusah, wie es zu schäumen und blubbern begann. Bandit stellte sich auf ihre Hinterbeine und blickte fasziniert in die Wanne.

„Geh ich jetzt rein?", fragte sie.

„Noch nicht." Jetzt kam der spaßige Teil. „Zuerst müssen wir die Erdnussbutter aus deinem Fell bekommen. Dann darfst du in den Schaumblasen spielen."

- „Ich mag Blasen."

- „Ich weiß, dass du das tust." Tat ich nicht. Sie hatte noch nie in ihrem Leben ein Schaumbad genommen, und ich hätte nie gedacht, dass ich den Tag erleben würde, an dem ich ihr eines geben würde. „Ich stelle dich hier auf die Arbeitsplatte, und du musst stillhalten, während ich an deinem Fell arbeite. Okay?"

Sie nickte. „Okay."

Nur war es nicht okay. Es war weit davon entfernt, okay zu sein. Während das Olivenöl etwas von der Erdnussbutter entfernte, blieben Stücke davon zurück, in ihrem Fell verfangen. Ich versuchte, es vergeblich herauszukämmen. Was nur eine Möglichkeit ließ. Bandit trug nun einen – nennen wir es kantigen – Fellschnitt.

Der einzige Lichtblick bei diesem Unterfangen war, dass es Bandit egal war. Sie war nicht aufgebracht, dass ihr jetzt große Fellbüschel fehlten, dass das Fell, das ihr geblieben war, schief und uneben und alles andere als attraktiv war. Das Einzige, wobei Bandit Bedenken hatte? Das Schaumbad selbst. Oder besser gesagt, ins Wasser eingetaucht zu werden.

So fand mich Galloway in meiner Unterwäsche mit meinem Waschbären in einem lauwarmen Schaumbad sitzend. Ich hatte einen kurzen Moment genutzt, um mein Make-up abzuwischen – es stellte sich heraus, dass Olivenöl ein ausgezeichneter Make-up-Entferner ist – und hatte einen sauberen Waschlappen gegriffen, um ihn auf die entzündete Haut an meiner Stirn zu drücken. Dann war ich in die Badewanne gestiegen und hatte Bandit versichert, dass sie nicht bodenlos sei und sie nicht ertrinken würde.

Ich hatte sie vorsichtig hineingehoben und hielt sie fest, während sie sich an das Gefühl von Wasser und Schaum gewöhnte, und dann nahm der kleine Quälgeist es an wie eine Ente das Wasser.

„Darf ich fragen?", sagte Galloway, der die Tür geöffnet und seinen Kopf hereingesteckt hatte.

„Jemand, dessen Name mit ‚Bandit' beginnt, ist in die Speisekammer gekommen. Genauer gesagt, an das Glas Erdnussbutter und die Cheez-Its."

- „Wir machen eine Schönheitsbehandlung!", strahlte Bandit ihn an. Natürlich konnte Galloway sie nicht verstehen. Alles, was er hörte, war ein zwitschernder Waschbär.

„Ist das so?" Er spielte trotzdem mit, was nur einer der Gründe war, warum ich ihn liebte. Er ertrug meine Verrücktheiten mit einem Lächeln im Gesicht und einem freundlichen Herzen. Das machte ihn in meinen Augen zu einem Keeper. „Ist das Bad schön, Bandit?", fragte er sie.

„Ich liebe Bäder!", antwortete sie und planschte mit ihren Pfoten im Wasser, wobei Tröpfchen herumflogen.

„Du bist früh zurück", sagte ich.

„Nur um mich umzuziehen. Du hattest recht wegen des Strohs. Es juckt."

Galloway hockte sich neben die Badewanne, hob den Waschlappen an, den ich über meinen Kopf gelegt hatte, und begutachtete meine Stirn. „Das sieht besser aus. Irgendwie."

- „Lügner." Ich zog den Waschlappen von meinem Kopf und ließ ihn ins Wasser fallen. „Hier, hilf mir mit ihr, ja?"

Galloway nahm ein Handtuch und hielt es bereit, während ich Bandit hochhob und in seine wartenden Arme reichte. Während er sie auf den Waschtisch stellte und begann, sie abzutrocknen, zog ich den Stöpsel und stieg aus der Badewanne, wickelte mich in ein Handtuch und manövrierte aus meiner durchnässten Unterwäsche. Ich bemerkte Galloways Blick.

„Was?", protestierte ich. „Es fühlte sich seltsam an, nackt mit ihr zu baden."

„Du weißt schon, dass sie ein Waschbär ist, oder?"

- „Ja, aber du kannst nicht mit ihr reden wie ich, und das Letzte, was ich brauche, ist, Fragen über meine... Teile zu beantworten."

- „Was für Teile?", warf Bandit ein.

„Genau mein Punkt", sagte ich trocken. Während ich das feuchte Fell auf Bandits Kopf zerwuschelte, fügte ich hinzu: „Nichts, worüber du dir Sorgen machen musst, Liebling. Wie fühlst du dich jetzt? Alles wieder gut?"

- „Ich mag Spa-Tag!", gluckste sie.

Ich wedelte mit dem Finger vor ihr. „Das bedeutet nicht, dass du in die Speisekammer einbrechen und dich in klebrigen Sachen wälzen darfst, nur um ein Schaumbad zu bekommen, verstanden?"

Galloway hob sie vom Waschtisch und ließ sie frei, bevor er sich zu mir umdrehte und mich in seine Arme schloss. Ich sank gegen ihn, plötzlich erschöpft von den Ereignissen des Abends, und es war noch nicht einmal neun Uhr. Während ich ein Gähnen an seiner Brust unterdrückte, murmelte ich: „Ich weiß nicht, warum ich so müde bin."

- „Ich schon. Dein Körper kämpft gegen diese allergische Reaktion. Und die Ereignisse heute

Abend waren insgesamt ziemlich viel." Er senkte seine Stimme. „Ist Gianna hier?"

Ich schüttelte den Kopf und gähnte wieder. „Nee, sie ist in ihrer Wohnung geblieben. Ich sprech morgen mit ihr. Ich bin erledigt."

Er legte seine Hände auf meine Schultern und hielt mich von sich weg, während er bedauernd lächelte. „Du stehst ja kaum noch auf den Beinen. Komm, ab ins Bett. Hast du schon ein Antihistaminikum genommen?"

- „Noch nicht. Ich musste mich erst um das ganze Cheez-It- und Erdnussbutter-Fiasko kümmern."

- „Verstehe. Geh nach oben ins Bett. Ich hole dir ein Antihistaminikum."

Ich tat wie angewiesen, ignorierte das Durcheinander im Erdgeschoss und schleppte meine müden Knochen nach oben in mein Schlafzimmer, das Handtuch immer noch fest um mich gewickelt. Ich ließ mich aufs Bett fallen und war kaum bei Bewusstsein, als ich Galloway hereinkommen hörte. Er half mir, mich aufzusetzen, damit ich brav das Antihistaminikum nehmen konnte, bevor er mich unter die Decke steckte und mir einen Kuss auf die Wange gab.

Ich bin mir ziemlich sicher, dass er „Süße

Träume" flüsterte, aber ich kann es nicht mit Sicherheit sagen, da ich ins Vergessen glitt.

64

„Guten Morgen, Sonnenschein!" Seb drückte mir eine Tasse Kaffee in die Hände und blendete mich fast mit seinem strahlend weißen Lächeln.

„Urgh", erwiderte ich seinen Gruß, rutschte auf einen Barhocker an meiner Küchentheke und nahm einen dankbaren Schluck des Nirvanas.

„Ich werte das mal als *auch dir einen guten Morgen, und was machst du in meiner Küche?*", sagte Seb, während er die Arbeitsplatte abwischte und die Unterhaltung für uns beide führte. „Ich habe von dem gehört, was gestern Nacht passiert ist, bin vorbeigekommen, um den Tratsch zu hören, aber du warst noch nicht wach, dann sah ich, dass Thor und Bandit sich an deiner Speisekammer zu schaffen gemacht hatten, also dachte ich, ich wäre der beste Nachbar aller Zeiten und helfe dir."

Da fiel mir auf, dass der Boden blitzsauber war, kein Cheez-It weit und breit.

„Du bist ein Engel, und ich leg mich mit jedem an, der was anderes behauptet", sagte ich zu ihm, mehr als dankbar. Obwohl meine allergische Reaktion abgeklungen war, hatte ich immer noch wütende, selbst zugefügte Kratzer auf meiner Stirn. Ich tat mir ein wenig leid, als ich mein Spiegelbild betrachtete. Das Wissen um das Chaos, das unten auf mich wartete, hatte nicht gerade geholfen.

„Natürlich, Schätzchen." Seb tätschelte meine Hand. Dann erinnerte ich mich daran, dass Ben erzählt hatte, er hätte gestern Abend mit Seb ferngesehen.

„Hey, warum warst du nicht beim Vogelscheuchen-Ball? Ben meinte, du bist zu Hause geblieben und hast *Dancing with the Stars*-Wiederholungen gesehen. Was ist denn da los?"

Sebs Mundwinkel zogen sich nach unten. „Mein Date hat abgesagt."

- „Mist", fühlte ich mit ihm. „Warum?"

- „Keine Ahnung. Ich bekam nur eine SMS mit *tut mir leid, kann nicht kommen.*"

- „Autsch. Das ist übel. Wer ist dieser Typ überhaupt, kenne ich ihn?"

- „Myles Carter."

Ich kaute auf meiner Innenwange und durchforstete mein Gedächtnis nach jemandem namens Myles Carter, kam aber mit leeren Händen zurück. „Tut mir leid, kenne ich nicht."

Seb winkte abtuend ab. „Ist egal. Sein Verlust."

- „War das ein erstes Date?"

- „Das zweite. Ich glaube, als ich ihm von meinem Kostüm erzählt habe, hat er kalte Füße bekommen."

- „Die ganze Drag-Queen-Sache?" Persönlich glaube ich, dass Seb in Drag großartig aussehen würde. Ich habe ihn schon in Shorts gesehen, und der Typ hat bessere Beine als ich.

Seb nickte und nahm einen Schluck von seinem Kaffee. „Also, ich dachte, ich könnte entweder die engstirnigen Kleinstädter von Firefly Bay terrorisieren und allein gehen oder mir einen schönen Abend mit einem Glas Wein und *Dancing with the Stars* machen."

- „Vernünftige Entscheidung, wenn man bedenkt."

Seb wedelte mit den Händen. „Erzähl schon, Schätzchen! Was ist passiert? Und noch wichtiger, ist sie hier?"

Seb Castle war mein neuer, wie ein Cover-Model aussehender Nachbar. Nachdem er mich mehrmals dabei erwischt hatte, wie ich mit Ben sprach, hatte er schnell herausgefunden, dass ich mit Toten sprechen konnte. Und hatte nicht mit der Wimper gezuckt. Wir hatten unsere Freundschaft über die gemeinsame Liebe zu der Fernsehsendung *Castle* gefestigt.

„Sie ist nicht hier", sagte ich. „Und sie heißt Gianna Tate."

- „Stimmt es, dass sie Anwältin ist?"

Ich nickte. „Uh-huh. Und sie weiß nicht, dass sie tot ist."

- „Wer weiß was nicht?", erschien Ben plötzlich und ließ mich zusammenzucken.

„Gianna Tate, die Frau, die letzte Nacht getötet wurde", antwortete ich und dann zu Seb: „Ben ist hier."

- „Hey, Ben!", grüßte Seb.

„Sag ihm hallo", sagte Ben.

„Er sagt hallo", wiederholte ich. „Ben, hast du Gianna irgendwo gesehen? Sie trägt immer noch ihr Faschingskostüm, wie Cinderella, aber eigentlich ist sie die gute Fee. Nicht zu übersehen - Stichwunde im Bauch."

Ben schüttelte den Kopf. „Nein, aber ich kann nach ihr suchen, wenn du willst?"

- „Ich brauche zuerst deine Hilfe bei etwas anderem."

- „Oh?"

- „Gianna sagte, sie wollte mich gerade beauftragen, herauszufinden, wer hinter einem Erpressungsversuch gegen sie steckt. Anscheinend hat jemand ein paar freizügige Fotos aus ihrer Jugend, mit denen er gedroht hat, sie öffentlich zu machen. Sie wollte alles Belastende verschwinden lassen."

- „Irgendeine Idee, wer?"

- „Nein." Ich schüttelte den Kopf. „Aber ich möchte diese E-Mails sehen, was bedeutet, dass ich in ihr Büro kommen muss, und ich könnte deine Hilfe mit ihrem Computer gebrauchen." Ben hatte diesen coolen Trick drauf, bei dem er einen Computer oder ein Handy berühren und alle digitalen Daten lesen konnte.

„Klar. Aber hast du daran gedacht, dass heute Sonntag ist? Wie willst du in ihr Büro kommen?"

- „Gut, dass ich eine Schwägerin habe, die dort arbeitet, oder?"

*E*s kostete mich einige Überredungskunst, aber schließlich überzeugte ich Amanda, mich eine Stunde später in den Büroräumen von Beasley, Tate und Associates zu treffen.

„Meine Güte, Audrey, dein Gesicht!", hatte sie ausgerufen, als sie mich an der Eingangstür warten sah.

„Das ist einfach unhöflich, Amanda", schoss ich zurück, obwohl ich, ehrlich gesagt, nicht beleidigt war. Alles, was aus Amandas Mund kam, war zu erwarten. Und um fair zu sein, die wütend roten Kratzer sahen tatsächlich beunruhigend aus.

„Tut mir leid. Ich meinte nicht...", sie räusperte sich. „Was ich sagen wollte, ist, das sieht-"

„Übel? Eklig aus?"

- „Schmerzhaft."

- „Ja, nun, stellt sich heraus, dass ich allergisch gegen Stroh bin. Oder gegen die Farbe, mit der das Stroh gefärbt wurde. Natürlich wusste ich das nicht, als ich mir einen Haufen davon unter meinen Hut gestopft habe." Ich deutete mit dem Daumen auf die verschlossenen Türen. „Sollen wir?"

Mit ihrem Schlüssel öffnete Amanda die Tür und ging vor mir hinein, tippte einen Code in das Alarmtastenfeld ein. „Ich bin mir nicht sicher, ob ich dich das tun lassen sollte“, sagte sie und kaute an ihrer Unterlippe.

„Es ist schon okay. Wenn ich etwas Belastendes finde, werde ich die Polizei informieren.“ Ich winkte ihre Bedenken weg. Außerdem hatte ich nicht die Absicht, irgendjemanden zu erzählen, dass sie mir Zugang zu den Büros verschafft hatte. Ich wollte weder sie noch mich in Schwierigkeiten bringen.

Amanda nickte und führte dann den Weg zu Giannas Büro.

„Wow. Schick.“ Ich trat ein, der Teppich war weich unter meinen Füßen. Ihr Büro war riesig, dominiert von einem großen Schreibtisch mit zwei Fässerstühlen davor, einer Wand mit deckenhohen Bücherregalen, die, wie ich vermutete, mit Rechtsbüchern gefüllt waren, einige davon in Leder gebunden. Was ich nicht erwartet hatte, war Gianna selbst, die hinter dem Schreibtisch saß.

„Oh gut, du bist hier“, sagte sie und blickte von ihrem Computer auf, wo sie anscheinend tippte. Nur dass die Tasten nicht klackerten, und ich war mir nicht sicher, ob ihr Computer überhaupt eingeschaltet war. Sie beendete das Tippen und stand auf. „Perfektes Timing.“

Noch überraschender als die Tatsache, dass Gianna in ihrem Büro war und anscheinend arbeitete, war ihre Kleidung. Weg war das Ballkleid-Kostüm. An seiner Stelle war das, was ich für ihre übliche Bürokleidung hielt. Ich fragte mich, ob sie einen Stylisten hatte, und wenn ja, wen. Die senfgelbe Tunika mit der rostroten Capri-Hose war der Wahnsinn. Kein steifer Anzug für sie. Auch keine Perlen. Um ihren Hals trug sie eine klobige Goldgliederkette. Sie trug Ringe an jedem Finger, eine riesige weiße Uhr am linken Handgelenk und drei goldene Armbänder, die zur Halskette passten, am rechten. Ich schaute auf den Diamanten, der an meiner linken Hand funkelte, und lächelte. Mein Verlobungsring war mehr als genug Schmuck für mich.

„Setzen Sie sich, setzen Sie sich." Gianna winkte zu einem der Stühle, die vor ihrem Schreibtisch standen. „Das wäre dann alles, Amanda."

Ich drehte mich schnell zu meiner Schwägerin um. „Danke, Amanda. Wenn es dir nichts ausmacht?" Ich gestikulierte in Richtung Tür, um anzudeuten, dass sie gehen könne.

„Ich bin mir nicht sicher, ob ich dich hier allein lassen sollte." Sie kaute weiter an ihrer Lippe, und ich schaute zu Gianna, die zum Glück unseren Austausch ignorierte.

„Wie wäre es, wenn du uns einen Kaffee holst?",

schlug ich vor, um Zeit zu gewinnen. Ben würde nicht lange brauchen, den Computer zu bearbeiten, und dann könnten wir verschwinden. Ben war mir gefolgt und blieb ausnahmsweise mal wohltuend still.

„Ich denke, das wäre in Ordnung." Sie ging und ließ die Tür einen Spalt offen.

„Warum stehst du immer noch dort drüben?", fauchte Gianna. „Setz dich."

Als ich mich in den Tonnensessel gegenüber ihrem Schreibtisch sinken ließ, wurde mir sofort klar, dass ich einen kolossalen Fehler gemacht hatte. Obwohl er robust, solide und bequem aussah, war der Sessel trügerisch. Ich sank so tief in die Polster ein, dass ich bezweifelte, jemals wieder herauszukommen.

„Vielen Dank, dass du dem zugestimmt hast", sagte Gianna, ohne meine missliche Lage zu bemerken. Oder Bens Anwesenheit. Ich sah meinen besten Freund an, der meinen Blick mit hochgezogener Augenbraue erwiderte.

„Danke, dass du mich engagiert hast." Ich lächelte und versuchte, meine Beine zu überkreuzen, aber der hinternverschlingende Sessel machte das unmöglich.

„Also... wie funktioniert das?" Gianna kam auf

meine Seite des Schreibtisches, lehnte sich dagegen und blickte auf mich herab. Ich mag es nicht, wenn jemand auf mich herabschaut, selbst wenn es jemand so schönes und mächtiges wie Gianna Tate ist. Ich denke besser, wenn ich umhergehe, also beschloss ich, den Sessel aufzugeben und aufzustehen. Ich kämpfte eine geschlagene Minute lang – die sich wie dreißig anfühlte – und versuchte, aus dem weichen Sessel herauszukommen, bevor ich aufgab und Gianna eine Hand hinhielt. „Hier", keuchte ich und schwitzte dabei. „Hilf einer Dame mal eine auf, ja?"

Natürlich konnte sie das nicht. Weil sie ein Geist war. Sie schien aufrichtig verwirrt, als sie meine Hand nicht greifen konnte. Ich hätte mir an die Stirn schlagen können, weil ich für einen kurzen Moment vergessen hatte, dass sie körperlos war und mir keinerlei Hilfe bieten konnte, um aus dem Sessel zu kommen. Stattdessen musste ich meinen Oberkörper zu meinen Oberschenkeln senken und mich nach vorne werfen. Ich landete auf allen vieren auf dem Boden, bevor ich mich an der Schreibtischkante hochzog.

Während ich mich abstaubte, warf ich dem Sessel einen bösen Blick zu. „Nichts für ungut, aber diese Sessel? Schrecklich. Die fressen deinen Hintern."

Gianna blinzelte, starrte mich schweigend an, bevor sie den Kopf zurückwarf und laut loslachte.

„Danke für Ihre Offenheit", gluckste sie. „Das hat mir noch nie jemand gesagt."

Das glaube ich. Wenn man die Art von Honoraren zahlte, die Gianna verlangte, würde man es nicht wagen, ihre Möbel zu beleidigen.

„Du hast mir vorhin erzählt, dass du erpresst wirst?", ich richtete mein T-Shirt und strich mit den Handflächen über meine Jeans. „Würde es dir etwas ausmachen, wenn wir einen Blick auf deinen Computer werfen?" Ich wedelte mit einer Hand in Richtung des besagten Geräts und stieß dabei einen Bilderrahmen auf Giannas Schreibtisch um. Schnell stellte ich ihn wieder auf und murmelte eine Entschuldigung, die Gianna mit einer Handbewegung abwinkte.

„Es ist wahrscheinlich besser, wenn ich es dir zeige", sagte Gianna und zog sich hinter ihren Schreibtisch zurück. Anstatt Platz zu nehmen, beugte sie sich über ihre Tastatur und tippte schnell ihr Passwort ein, ohne zu bemerken, dass der Computer nicht eingeschaltet war und sie nicht wirklich tippte. „Hier. Setz dich."

Ich rutschte in ihren weißen Bürostuhl und

keuchte angesichts des ergonomischen Genusses, den er bot. Gianna grinste. „Bequem, was?"

Ich fuhr mit den Händen die Armlehnen hoch und runter. „Dieser Stuhl? Dieser Stuhl ist ein Traum!", erklärte ich. So einen brauchte ich für mein Heimbüro. „Wie viel kostet er?"

- „Hmmm." Gianna tippte mit einem manikürten Nagel gegen ihr Kinn. „Ich glaube, dieser hier lag bei etwa zweitausend."

Okay. Vielleicht würde ich doch mit Bens altem Bürostuhl auskommen. Ich wandte meine Aufmerksamkeit dem Computer zu, schaltete ihn ein und wartete, bis er hochfuhr. „Ähm, kennst du Ben?" Ich zeigte auf den Geist von Ben Delaney, den vorherigen Besitzer von Delaney Investigations und meinen besten Freund.

„Wen?" Gianna runzelte die Stirn, ohne auch nur in Bens Richtung zu schauen. Konnte sie ihn nicht sehen? Das war alles sehr seltsam.

„Ben ist ein Arbeitskollege", erklärte ich. Ich beugte mich vor und legte meine Finger auf die Tastatur. „Passwort?"

Ich hatte nicht erwartet, dass sie es mir verraten würde. Ich war darauf vorbereitet zu warten, während sie versuchte, es selbst einzugeben, aber nein, sie ratterte einfach eine scheinbar zufällige

Sammlung von Zahlen und Buchstaben herunter, von der ich insgeheim beeindruckt war, dass sie es sich merken konnte.

Sobald wir drin waren, öffnete ich ihre E-Mails.

„Hier." Gianna zeigte auf den Monitor. „Lies diese E-Mail. Es tut mir leid, ich weiß, es wäre einfacher gewesen, wenn ich sie dir einfach weitergeleitet hätte, aber ich kann nicht riskieren, dass so etwas durchsickert."

- „Ich verstehe", versicherte ich ihr. „Du willst es unter Verschluss halten." Natürlich würde die Polizei jetzt, wo sie ermordet worden war, überall herumschnüffeln, aber hey, wenn ich einen Vorsprung bekommen könnte, könnte ich den Mörder vielleicht vor Galloway schnappen.

Ich beugte mich vor und las die E-Mail. Die Adresse, von der sie gesendet wurde, war offensichtlich gefälscht, ein Haufen zufälliger Buchstaben und Zahlen von einer Gmail-Adresse. Im Text der E-Mail standen vage Drohungen über einige freizügige Fotos aus ihrer Jugend, genau wie sie gesagt hatte.

„Ich habe dich das schon einmal gefragt, aber hattest du Zeit, darüber nachzudenken? Gibt es freizügige Fotos aus deiner Jugend?", fragte ich.

Gianna grinste. „Wenn wir über die Studienzeit

reden, dann vielleicht? Ich habe damals ziemlich wilde Sachen gemacht. Wenn jemand Fotos von mir nackt gemacht hat", sie zwinkerte, „bin ich mir dessen nicht bewusst. Handykameras gab es damals nicht. Verdammt, Handys existierten kaum."

Ich warf ihr einen Blick aus dem Augenwinkel zu. Es war schwer, sich vorzustellen, dass diese makellos gepflegte und unglaublich gut gestylte Frau eine anrüchige Vergangenheit hatte, aber wir waren alle mal jung, und es gibt ein oder zwei Episoden in meiner Vergangenheit, von denen ich keine Fotos im Umlauf haben möchte. Nicht Nacktbilder oder so etwas in der Art. Eher peinliche Missgeschicke, bei denen ich wie ein Idiot aussah.

„Normalerweise würde ich solchen Unsinn nicht beachten", fuhr Gianna fort, während sie sich auf die andere Seite des Schreibtischs bewegte und mich auf ihrem Stuhl sitzen ließ. Sie setzte sich auf einen der Besucherstühle und keuchte auf. „Oh mein Gott! Du hast recht! Die sind furchtbar." Dann brach sie in Gelächter aus, und ich konnte nicht anders, als mitzulachen, bevor ich mich schnell wieder fasste, falls Amanda mich hören würde.

„Mal sehen, ob ich die IP-Adresse finden kann, von der das gesendet wurde", sagte ich und nickte Ben zu, der bereitwillig vortrat und seine Hand auf den Computer legte. Der Bildschirm flimmerte und füllte sich mit Rauschen.

„Während wir warten, gab es jemanden, mit dem du Probleme hattest? Unzufriedener Kunde? Mitarbeiter?"

Gianna schüttelte den Kopf. „Nein, nichts dergleichen. Deshalb habe ich dich engagiert."

- „Richtig. Und gestern? Was hast du gestern gemacht?"

- „Es steht alles in meinem Kalender." Gianna winkte zum Computer hin, und ich schaute zu Ben.

„Kannst du mir eine Kopie der E-Mail und ihres Tagebuchs schicken?", flüsterte ich leise.

„Klar."

- „Warum erzählst du es mir nicht trotzdem?", sagte ich zu Gianna.

Gianna runzelte die Stirn und rieb sich über die Augenbrauen. „Welcher Tag war gestern?"

Ich schaute Ben an, dann wieder zu Gianna. „Samstag. Gestern war Samstag. Und gestern Abend war der Vogelscheuchen-Ball. Erinnerst du dich?"

Ihr Gesicht hellte sich auf, und sie lächelte. „Oh ja! Der Ball. Ich hatte eine wunderbare Zeit. Warst du dort? Hast du dich amüsiert?"

- „Oh, ähm, ich habe eine allergische Reaktion bekommen und musste früh gehen", sagte ich schnell und war wieder einmal verblüfft über ihre mangelnde Selbstwahrnehmung, dass sie tatsächlich tot war.

„Sie steckt so tief in der Verleugnung, dass sie glaubt, sie wäre noch am Leben", sagte Ben. Ich wartete darauf, dass Gianna ihn darauf ansprechen würde, aber es war, als hätte er nicht gesprochen. Als hätte sie keine Ahnung, dass er da war.

„Du hast recht", sagte ich zu ihm.

„Mit wem redest du?", fragte Gianna. Bevor ich antworten konnte, stieß Amanda die Tür auf und trug zwei Tassen Kaffee. „Tut mir leid, dass es so lange gedauert hat. Ich musste warten, bis das Wasser kochte", sagte Amanda.

„Kein Problem. Ich schaue gerade in Giannas Terminkalender.

„Du greifst doch nicht auf Kundendateien zu, oder?", fragte Amanda eilig, während sie um den Schreibtisch herumeilte, um über meine Schulter zu schauen, und dabei stirnrunzelnd auf das Rauschen auf dem Monitor starrte.

„Nö.

„Das ist seltsam." Sie klopfte ein paar Mal an die Seite des Monitors, und Ben grinste sie an, während seine Hand noch halb im, halb außerhalb des Computers steckte, während er sein Ding machte.

„Ich dachte, er läuft sich gerade warm." Ich zuckte mit den Schultern und hoffte, dass Ben sich beeilen würde, bevor Amanda mich beschuldigen würde, ihn kaputt gemacht zu haben. Kaum hatte ich den Gedanken gefasst, da hob er seine Hand. Der Bildschirm wurde scharf, der Cursor blinkte und wartete auf Giannas Passwort.

„Gern geschehen." Ben grinste.

„Danke", formte ich lautlos mit den Lippen, wissend, dass Amanda Fragen hätte, wenn sie gesehen hätte, dass ich bereits in Giannas E-Mails und Tagebuch gewesen war.

Ich schaute zu Gianna hinüber und fragte mich, was sie von all dem halten würde, aber Gianna stand an einem Aktenschrank und war offenbar vertieft in... irgendetwas? Sie musste gespürt haben, dass ich sie ansah, denn sie winkte in meine Richtung, ohne aufzublicken. „Kümmere dich nicht um mich. Mache weiter das, was du tun musst. Ich bereite mich auf die Gerichtsverhandlung morgen vor."

- „Wenn es sie endlich trifft", sagte Ben, „wird es hart sein."

Mit einem überwältigenden Gefühl der Traurigkeit musste ich ihm zustimmen.

Jch durchforstete Giannas E-Mails und Tagebuch, während Amanda mir über die Schulter schaute. Ben hatte die Erpressungsdrohung versteckt, was bedeutete, dass Amanda nichts finden konnte. Das ersparte mir, sie anzulügen. Denn wenn Amanda Bescheid wüsste, würde sie bestimmt ihren Arbeitskollegen davon erzählen, besonders Felix, und ich wollte den Erpresser nicht darauf aufmerksam machen, dass wir ihm auf der Spur waren.

„Dieses Mittagessen um zwölf Uhr in der Bay gestern." Ich tippte auf den Monitor. „Weißt du, mit wem das war? Es steht kein Name dabei."

Amanda zuckte mit den Schultern. „Ich würde

vermuten, es war privat. Warum? Glaubst du, es ist relevant?"

Ich hatte gehofft, Gianna würde etwas dazu sagen, aber sie war in ihre *Arbeit* vertieft und bekam von uns überhaupt nichts mit. Ben war zu ihr rübergegangen, um ihre Aufmerksamkeit zu bekommen, aber sie tat so, als könnte sie ihn weder sehen noch hören. Vielleicht konnte sie es wirklich nicht. Ehrlich gesagt wusste ich nicht mehr, was ich denken sollte.

„Nicht unbedingt." Ich lehnte mich im Stuhl zurück, bevor ich widerwillig aufstand. „Ich glaube, ich habe alles, was ich hier finden kann." Ich nickte in Richtung von Giannas Kalender. „Was ist mit Giannas aktuellen Fällen – würde irgendjemand von ihrem Ableben profitieren?"

- „Lass mich mal sehen..." Amanda schob mich beiseite und nahm den begehrten Sitz ein, während ich meinen Kaffee austrank und zuschaute. Ihre Finger flogen über die Tastatur, während sie Giannas Fallakten aufrief.

„Sie hat an der Scheidung der Harris gearbeitet."

- „War daran irgendetwas ungewöhnlich? War es eine verbitterte Scheidung?"

Amanda überflog die Akte in Höchstgeschwindigkeit. „Gianna vertrat June Harris bei der Scheidung von ihrem Mann Adam. Sie konnten keine Einigung erzielen. Der Gerichtstermin ist morgen."

- „Wird das trotzdem stattfinden, wenn Gianna Frau Harris nicht vertreten kann?"

- „Jack wird es wahrscheinlich übernehmen."

- „Oh." Mist, da ging dieses Motiv dahin.

„Außerdem ist die Einigung, um die sie streiten kaum einen Mord wert", sagte Amanda trocken und lenkte meine Aufmerksamkeit auf einen Absatz auf dem Bildschirm.

„Ein Hund?"

- „Mmmhmm. Beide wollen das Sorgerecht für den Hund. Sie konnten keine gütliche Einigung erzielen. Deswegen geht es vor Gericht."

- „Und Gianna hat den Fall übernommen? Wäre das nicht etwas, das sie an einen der anderen Anwälte weitergeben würde?" Warum sollte eine hochkarätige Anwältin wie Gianna so einen Fall übernehmen?

Amanda kratzte sich am Kopf. „Sie ist ein Tierliebhaber. Vielleicht hat sie ihn deswegen übernommen."

Ich schaute zu Gianna hinüber und nahm mir vor, sie direkt zu fragen, sobald wir allein waren.

„Okay, danke für deine Hilfe, aber ich sollte jetzt gehen", sagte ich.

„Kein Problem." Ich beobachtete, wie Amanda den Computer ausschaltete und die leeren Kaffeetassen aufsammelte. „Ich hoffe, das hinterlässt keine Narbe."

- „Was?"

Sie deutete mit einem Kopfnicken auf meine Stirn. „Diese Kratzer. Ich hoffe, sie hinterlassen keine Narben. Aber ich schätze, dein Schleier wird das verdecken."

- „Mein Schleier?" Wovon um alles in der Welt redete sie?

„Ja. Dein Schleier. Brautschleier. Deine Mutter sagte, ihr beide geht diese Woche Hochzeitskleider shoppen. Wenn du mir sagst, wann genau, nehme ich mir frei und komme mit."

- „Oh." Ich schüttelte den Kopf. „Ich trage keinen Schleier." Und Gott bewahre, dass Amanda bei meiner Wahl des Hochzeitskleides dabei wäre. Sie würde mich in ein Kleid mit Kragen bis zum Hals und Ärmeln bis zu den Handgelenken stecken.

„Du musst einen Schleier tragen!", protestierte sie vehement. „Das ist Tradition."

- „Wessen?" Ich schnaubte. Amanda sollte inzwischen wissen, dass sie nicht mit mir streiten sollte. Sobald sie sagte, etwas sollte auf eine bestimmte Weise sein, würde ich automatisch das Gegenteil behaupten. Und mich obendrein auf die Hinterbeine stellen.

„Bitte sag mir, dass du wenigstens Weiß trägst", stöhnte sie, während sie aus Giannas Büro führte.

„Eigentlich... dachte ich an Lila?" Tat ich nicht. Nicht speziell. Aber ich dachte *auch nicht* an Weiß.

Die Kaffeetassen fielen mit einem dumpfen Geräusch auf den Teppich, glücklicherweise nicht zerbrochen, und Amanda drehte sich um und starrte mich entsetzt an.

„Oh oh!", rief Ben gedehnt. „Brautzilla-Alarm."

„Du willst WAS?", kreischte Amanda.

Ich schaute auf mein Handgelenk, an dem ich keine Uhr trug, und verkündete: „Ist es schon so spät? Ich muss los." Ich stürmte aus den Büros von Beasley, Tate und Associates, bevor Amanda mich weiter aufhalten und verlangen konnte, dass ich meine Hochzeitskleidwahl überdenke. Die ich noch nicht einmal entschieden hatte. Aber es hatte Spaß gemacht, sie zu ärgern.

„Ist Lila wirklich eine Farbwahl?", fragte Ben vom Beifahrersitz aus, nachdem ich hinter dem Steuer Platz genommen hatte. „Vielleicht. Könnte sein. Ich weiß es wirklich nicht – ich habe mich nicht entschieden. Eines weiß ich aber: Mein Kleid wird nicht weiß sein." Ich streckte einen blassen Arm aus. „Siehst du diesen Hautton? Ich bin schon weiß genug. Ich meine, ich könnte wahrscheinlich mit einem Elfenbein oder Cremefarben durchkommen, aber ist es wirklich so falsch, in einem Kleid heiraten zu wollen, das nicht weiß ist?"

Ben schüttelte den Kopf. „Überhaupt nicht. Du wirst fantastisch aussehen, egal was du trägst."

- „Korrekte Antwort." Ich grinste meinen besten Freund an. Ich legte den Rückwärtsgang ein, manövrierte aus der Parklücke und fuhr Richtung Westen. „Wohin fahren wir?", fragte ich verspätet.

„Ich habe die IP-Adresse zur Stadtbibliothek von Firefly Bay zurückverfolgt", sagte Ben und zeigte durch die Windschutzscheibe.

Ich schnalzte mit den Lippen. „Clever. Einen öffentlichen Computer benutzen. Wann wurde die E-Mail gesendet?"

- „Donnerstag um zwölf Uhr siebzehn."

- „Mittagszeit. Also könnte jeder in seiner Mittagspause reingehuscht sein und die E-Mail abgeschickt haben", folgerte ich.

„Korrekt."

Ich fuhr auf den kostenlosen Parkplatz an der Atlantic Avenue und ergatterte zwei Minuten später einen Platz nahe der Bibliothekstüren. Hätte mir klar sein müssen, dass das zu schön war, um wahr zu sein. „Sieht aus, als wäre sie geschlossen", sagte Ben.

Ich folgte seinem Blick zu den Glastüren und der Dunkelheit dahinter. „Sieht so aus. Könntest du trotzdem dein Ding machen?"

- „Mein Ding?"

- „Ja, du weißt schon. Dein Ding." Ich wackelte mit den Fingern in der Luft. „Dein technologisches Zauberding. Funktioniert das überhaupt, wenn die Computer nicht eingeschaltet sind?"

- „Lass mich's versuchen. Warte hier."

Er verschwand. Als ich die zerknitterte Schachtel Cheez-Its vom Vorabend entdeckte, wühlte ich darin herum und lächelte, als meine Finger eine Handvoll der käsigen Köstlichkeiten umschlossen.

„Urgh", murmelte ich mit vollem Mund. „Die thind alt." Aber ich kaute trotzdem weiter, weil Cheez-Its nun mal Cheez-Its sind, und wer den Cent nicht ehrt... Und natürlich klingelte ausgerechnet mit meinem Mund voller abgestandener Cheez-Its mein Handy. Natürlich. Wann sonst würde es klingeln? Ich wischte mir die Finger ab und kniff die Augen zusammen, um auf den Bildschirm zu schauen. Mom ruft an.

„Hallo?", antwortete ich.

„Isst du gerade?", fragte Mom streng.

Ich kaute zu Ende und schluckte. „Nein."

- „Jedenfalls hat Amanda angerufen. Sie war hysterisch. Sie sagte, du heiratest in Lila."

Ich bin froh, dass ich den Mundvoll Cheez-Its bereits runtergeschluckt hatte, sonst hätte ich mich bestimmt verschluckt. „Entspann dich, Mom, ich heirate nicht in Lila. Zumindest glaube ich das nicht. Es sei denn, sie haben ein umwerfendes lila Hochzeitskleid im Laden, in diesem Fall könnte ich es mir überlegen."

Die darauffolgende Stille zog sich so lange hin, dass ich dachte, wir wären unterbrochen worden. „Hallo? Bist du noch dran?" Ich schaute auf den Bildschirm, um nachzusehen.

Mom räusperte sich. „Ich bin hier. Aber du machst Spaß, oder?"

Ich stieß laut die Luft aus. „Mom, ich verspreche dir, was auch immer ich wähle, wird wunderschön und brautmäßig sein, aber mach dich auf die Möglichkeit gefasst, dass es vielleicht nicht weiß sein wird. Weiß ist wirklich nicht meine Farbe." Ganz zu schweigen vom Verschüttungsfaktor. So wie man mich kennt, stolpere ich über nichts und verschlucke mich an Luft. Weiß zu tragen wäre nicht die klügste Wahl.

„Du bist sehr blass", stimmte sie zu. „Ein Elfenbeinton vielleicht?"

- „Oder sogar Mokka. Zartrosa. Irgendwas Pastellfarbenes. Oder auch nicht."

„Na ja, ich schätze, das wäre nicht so schlimm", gab sie nach.

„Oh, und ich sage dir das Gleiche wie Amanda. Kein Schleier. Ich bin nicht der Typ für Schleier. Ich glaube, ich würde Blumen oder eine Tiara einem Schleier vorziehen." Oder, du weißt schon, gar nichts.

„Du würdest bezaubernd aussehen mit einer Tiara." Mom seufzte, während sie sich bereits vorstellte, wie ich den Gang entlanglaufe.

„Oder eine Krone", neckte ich, und Mom lachte. Bei all der Planung und dem Stress, den sie sich machte, könnte man meinen, es wäre ihre Hochzeit. Aber ich war das letzte ihrer Kinder, das heiraten würde, und ich wusste, dass sie nur das Beste für mich wollte. Laura hatte das weiße Kleid mit Schleier getragen, komplett mit Kirche und einem halben Dutzend Brautjungfern. Das war nicht mein Stil. Dustins und Amandas Sause war einer königlichen Hochzeit würdig, und ich erinnere mich an mein Unbehagen in dem gelben Tüll-Ballkleid, das ich als Brautjungfer ertragen musste. Galloway und ich würden barfuß am Strand heiraten, vorzugsweise in Jeans, wenn es nach mir ginge. Dass ich überhaupt über ein Kleid nachdachte, war ein großes Zugeständnis meinerseits.

„Wo bist du eigentlich? Amanda sagte, du arbeitest an Giannas Fall?"

- „Ich bin in der Bibliothek."

- „Die Bibliothek. Aber die hat sonntags geschlossen."

- „Hab ich auch gerade festgestellt. Hör mal, Mama, ich muss los. Wir sehen uns später, okay?"

- „Okay, Schätzchen. Hab dich lieb."

- „Ich dich auch, Mama. Tschüss."

Ben kam kurz darauf zurück und schüttelte den Kopf. „Keine Chance. Alles ist abgeschaltet. Ich muss morgen wiederkommen."

- „Danke für den Versuch."

- „Was machen wir jetzt?"

- „Das, was wir schon vor Stunden hätten tun sollen."

- „Und was wäre das?"

- „Ein Bier trinken."

Ich lehnte mich über die Theke und hielt mein Handy dem stämmigen Barkeeper entgegen, mit dem ich mich nicht im Nahkampf anlegen wollte. Wegrennen könnte ich wahrscheinlich schneller als er.

„Haben Sie diese Frau gesehen? Ungefähr um diese Zeit gestern?"

Für einen Sonntag war im Bay richtig was los, Countrymusik dröhnte, und Gäste aller Altersgruppen und Formen versuchten entweder ihren Restalkohol vom Vorabend zu vertreiben oder einen neuen Rausch anzustreben.

„Ja, ich erinnere mich an sie. Sie hatte einen Streit mit ihrem Freund und der Typ ist abgehauen."

- „Haben Sie einen Namen von ihrem Freund? Eine Kreditkartenquittung?"

- „Nö. Hat bar bezahlt."

- „Worüber haben sie gestritten?"

- „Weiß nicht, aber nachdem er gegangen war, hat sie sich mit jemand anderem gestritten." Meine Augenbrauen hoben sich, wodurch die heilenden Schorfstellen meiner Kratzer spannten. Die Augen des Barkeepers wanderten zu meiner selbst zugefügten Verletzung. „Zickenkampf?", fragte er mit einem Funken Interesse in seinen Augen.

Das hättest du wohl gerne, Kumpel. Es wäre nicht die schlimmste oder seltsamste Geschichte, die ich je gehört hatte. Klang definitiv besser als eine allergische Reaktion auf farbige Strohhalme.

„Können Sie den Typen beschreiben?", fragte ich stattdessen.

„Ziemlich schmächtig. Narbe über dem rechten Auge."

Ich warf einen Blick zu Ben, der neben mir stand, mit dem Rücken an der Bar lehnte und den Raum beobachtete.

„Irgendeine Art Motorradclub", sagte er.

„Was?"

- „Diese Menge. Eine Art Motorradclub. Hast du nicht all die Motorräder vor der Tür bemerkt? Sie sind offensichtlich auf einer Tour und haben hier für ein Mittagessen Halt gemacht."

- „Ja? Und?" Ich schaute über meine Schulter zu den lederbekleideten Motorradfahrern. Hätte ich gerade etwas getrunken, hätte ich es ausgespuckt, denn vor mir waren die ältesten Biker, die ich je gesehen hatte. Und es waren Frauen. Wer waren die, die Oma-Grau-Nomaden? Ich legte meinen Kopf schief und fragte mich, ob ich zu jung zum Mitmachen wäre.

„Hör mal, willst du jetzt bestellen oder nicht?",

murrte der Barkeeper. „Ich hab' hier nämlich ziemlich viel zu tun."

- „Ich nehme einen Cider." Er nickte und drehte sich schnell weg, um mein Getränk zu holen.

„Ben, kannst du die Überwachungskameras überprüfen? Sehen, mit wem Gianna gestern hier war?"

Ben folgte meinem Blick zu der Kamera, die ich in der Ecke entdeckt hatte und die auf die Bar gerichtet war.

„Das kann ich machen."

Es dauerte nicht lange. Ben tauchte hinter der Bar wieder auf, genau als der Barkeeper mit meinem Cider zurückkam. Er lief direkt durch Ben hindurch und erschauerte dabei.

„Urgh", brummte er. „Da ist gerade jemand über mein Grab gelaufen." Ich versuchte, mein Gesicht neutral zu halten und scheiterte wahrscheinlich, nach dem verwirrten Blick zu urteilen, den er mir zuwarf. Aber ehrlich, zuzusehen, wie er durch Ben hindurchlief? Das jagte mir eine Gänsehaut über den Rücken und ließ mich aus Mitgefühl erschaudern.

„Ähhm, danke." Ich schob ihm eine Handvoll Scheine zu. Er schnappte sie sich und murmelte etwas von miesen Trinkgeldern, während er eilig wegging, um jemand anderen zu bedienen.

Ben lachte und schüttelte den Kopf über mich.

„Was?", protestierte ich.

„Du bist durchsichtig wie eine Glasscheibe", gluckste er.

„Wovon redest du überhaupt?" Dann wurde mir klar, dass ich mit ihm sprach, ohne etwas zu haben, das verschleierte, dass ich mit der Luft redete. Ich riss mein Handy ans Ohr und tat so, als würde ich telefonieren. „Was ist so lustig?", fragte ich fordernd.

„Dein Gesicht, als er durch mich durchlief!" Ben war fast doppelt vor Heiterkeit gebeugt.

Ich wartete volle zwanzig Sekunden. „Bist du jetzt fertig?"

Er hob eine Hand und holte übertrieben Luft. „Fast."

- „Hast du etwas gefunden? Auf der Überwachungskamera?"

Er wurde ernst. „Ja, leg dein Handy hin, weit genug, sodass ich es und den Kameraempfänger gleichzeitig erreichen kann, und ich werde sehen, ob ich dir einen Screenshot weiterleiten kann."

- „Du kannst das machen?" Wie cool. Ben erwies sich als unschätzbares Ermittlungswerkzeug.

„Ich kann es versuchen." Ben legte eine Hand auf mein Handy und mit der anderen streckte er sich unter die Bar. „Kann es nicht ganz erreichen. Schieb es ein bisschen rüber."

Ich tat, wie mir gesagt wurde, rutschte rüber und stieß mein Handy an, sodass es ein paar Zentimeter über die Bar glitt.

„Perfekt. So. Fertig. Hat es funktioniert?"

Ich nahm mein Handy und da war ein neues Foto in meiner Galerie. Eins, das ich nicht gemacht hatte. Es zeigte Gianna und einen Mann, die auf dem Sofa an der anderen Seite des Raumes saßen. Gianna lehnte sich zurück und wirkte entspannt. Der Mann, der ihr gegenüber saß, beugte sich vor, die Ellbogen auf den Knien, gestikulierend mit den Händen und mit aufmerksamem Gesicht.

„Hast du den Streit gesehen?", fragte ich Ben, während ich die Aufnahme studierte, die er mir geschickt hatte.

„Ja. Es passierte direkt nach diesem Bild. Der Typ war eindeutig aufgebracht, fuchtelte mit den Armen. Gianna saß einfach da, zuckte mit den Schultern und schüttelte den Kopf. Er stürmte raus."

- „Und was ist mit dem anderen Streit? Der Barkeeper sagte, sobald ihr Freund gegangen war, geriet sie in einen weiteren Streit?"

- „Ja. Da müsste noch ein Foto sein."

Ich wischte zum nächsten Foto. Tatsächlich

schrie ein schmächtiger Kerl mit einer Narbe über einem Auge Gianna an. Andere Gäste hielten ihn körperlich zurück. „Sieht heftig aus."

- „Er brüllte, dass er sie umbringen würde, dass sie sein Leben ruiniert hätte und er sie dafür bezahlen lassen würde. Er war auch ziemlich betrunken", sagte Ben.

„Erkennst du einen der beiden Männer?"

Er schüttelte den Kopf. „Nein. Die beste Person, die man fragen könnte, wäre Gianna."

- „Sie ist wahrscheinlich noch in ihrem Büro. Aber es ist Sonntag, und das Büro ist abgeschlossen", wies ich hin. „Amanda hat mich heute Morgen schon reingelassen. Ich will sie nicht nochmal belästigen."

„Vergisst du, dass ich ein Geist bin?"

- „Wie könnte ich das jemals vergessen?" *Echt jetzt.*

„Worauf ich hinaus will, ist, dass wir Amanda nicht brauchen, um in Giannas Büro zu kommen. Du weißt, wie man ein Schloss knackt, und ich habe heute Morgen gesehen, wie Amanda den Alarmcode eingegeben hat."

Mein Mund klappte auf, und meine Augen wurden groß. „Schlägst du vor, dass wir einbrechen?" Mein Gesicht entspannte sich, und ich grinste. „Das gefällt mir."

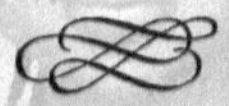

KAPITEL 7

„Nein", sagte Galloway in mein Ohr, was mich zusammenzucken ließ. Ich hatte vor The Bay angehalten, um die Reihe von Motorrädern zu bewundern, die draußen parkten, deren Chromauspuffe in der Sonne glitzerten.

„Was?", protestierte ich, flatterte mit meinen Wimpern und musterte ihn von oben bis unten.

„Nein. Du kannst bei deiner Koordination kein Motorrad haben", antwortete er, während sein Mund sich zu diesem sexy Lächeln verzog, das er so gut beherrschte.

„Ach, aber Mama!", neckte ich ihn, und er lachte.

„Hast du etwas herausgefunden?", er neigte seinen Kopf in Richtung der Bar.

„Ein Typ mit einer Narbe über dem Auge hat ihr

den ganzen Nachmittag gedroht, sie umzubringen." Ich hielt ihm mein Handy hin, um ihm das Foto zu zeigen, und vergaß dabei, dass wir im Wettbewerb standen.

„Will ich wissen, wie du daran gekommen bist?"

- „Nein?", ich flatterte wieder mit meinen Wimpern, und er seufzte und küsste meine Stirn.

„Überwachungskamera?", riet er.

„Korrekt. Mit freundlicher Unterstützung von Ben."

„Noch etwas?"

- „Ja, sie hatte Mittagessen mit einer Freundin, die wütend gegangen ist. Kennst du diesen Typen?" Ich ging zum nächsten Foto auf meinem Handy.

Galloway nahm es mir ab und kniff die Augen zusammen, während er auf den Bildschirm schaute. „Ich habe ihn schon mal gesehen."

- „Ist er ein Krimineller?" Mein Puls schoss in die Höhe, als ein Schub Adrenalin durch mich strömte. Wenn Gianna von einem bekannten Kriminellen bedroht wurde, könnten wir potenziell unseren Mörder haben. Oder vielleicht unseren Erpresser. Oder beides!

Galloway zerstörte meine Hoffnungen, als er den Kopf schüttelte. „Nee. Ich glaube, er ist ein Personaltrainer. Ich habe sein Bild auf einem Flyer am schwarzen Brett bei der Arbeit gesehen. Er bietet Polizeibeamten einen Sonderpreis für Trainingseinheiten in seinem Fitnessstudio an."

- „Oh."

Galloway lachte. „Versuch nicht so enttäuscht auszusehen." Er gab mir einen sanften Kuss auf die Lippen, nahm mein Gesicht in seine Hände, und ich schwöre bei Gott, ich bin praktisch zu einer Pfütze zu seinen Füßen geschmolzen. „Wir sehen uns heute Abend bei dir?", murmelte er gegen meinen Mund.

„Klar doch. Wir können unsere Erkenntnisse vergleichen. Sei darauf vorbereitet zu verlieren." Ich klopfte auf seinen jeansbedeckten Hintern und zwinkerte, was ihn zum Lachen brachte.

„Spiel angenommen, Fitz." Ich genoss es, ihm beim Weggehen zuzusehen, bis Ben mir seinen Ellbogen in die Rippen stieß und einen Schauer eisiger Luft in meine inneren Organe sandte.

„Hör auf, deinen Verlobten anzustarren", neckte er mich, „und konzentrier dich wieder aufs Spiel. Wenn du Galloway bei der Lösung dieses Falls schlagen willst, musst du immer einen Schritt voraus sein. Und falls du es nicht bemerkt hast, er hat dir gerade einen Hinweis gegeben."

- „Richtig. Das Fitnessstudio." Ich kam wieder zu mir. „Lass uns gehen."

"Und halten, atmen." Ein Mann in seinen späten Vierzigern, der eine Trainingshose und ein Tanktop trug, stand über einer schlanken jungen Frau in der herabschauenden Hundehaltung, mit dem Hintern in die Luft gestreckt.

„Schön", sagte ich sarkastisch und bemerkte durchaus, wie die Augen des Trainers auf den Kurven der Frau verweilten. „Harry Watts?" Es hatte nicht lange gedauert, das Fitnessstudio zu finden, nachdem Galloway uns den Hinweis gegeben hatte. Ben hatte sich einfach zur Polizeistation gebeamt und den Flyer gelesen.

„Später", schnauzte Watts. „Siehst du nicht, dass ich mit einer Kundin beschäftigt bin?"

- „Ich sehe, dass du diese Frau in unbequeme Positionen bringst, damit du auf ihren Hintern starren kannst." Ich hielt ihm meine Visitenkarte hin. „Audrey Fitzgerald, Privatdetektivin."

Harry Watts riss mir die Karte aus den Fingern und starrte sie an, als würde er wünschen, sie würde in Flammen aufgehen, wenn er nur fest genug glotzte. Zu seiner Kundin sagte er: „Mach fünf Minuten Pause, Süße." Sie entspannte sich in den

Vierfüßlerstand, stand dann auf, schnappte sich ihr Handtuch und ihre Wasserflasche und ging weg. „Vergiss nicht zu trinken", rief Watts ihr nach, dann wandte er sich zu mir um, sein Atem heiß auf meinem Gesicht. „Was wollen Sie?"

- „Also, erstens, Popeye, könnten Sie Ihren Ton etwas dämpfen. Und ein Pfefferminzbonbon würde auch nicht schaden." Ich wischte mir mit einem Finger über die Wange und entfernte den feuchten Dunst seines Atems von meiner Haut. Später würde ich nach Hause gehen und mein Gesicht desinfizieren, aber jetzt hielt ich meinen Gesichtsausdruck neutral und verbarg meinen Ekel.

„Ziemlich vorlautes Mundwerk für ein Mädchen, das ich in zwei Teile brechen kann. Haben Sie Verstärkung mitgebracht?"

Ich lächelte zuckersüß. „Nö. Nur ich." Wenn er hoffte, mich einzuschüchtern, hatte er kein Glück. Ich hatte nicht nur Ben dabei, der zugegeben Watts' Kundin hinterhergedriftet war und unserem Streit nicht wirklich Aufmerksamkeit schenkte, sondern es waren auch andere Leute im Fitnessstudio. Ich schätzte, Watts war nicht dumm genug, hier etwas zu versuchen. Aber andererseits, wenn der Typ auf Steroiden war, konnte alles Mögliche passieren.

„Was zum Teufel wollen Sie?" Er trat einen Schritt zurück.

„So wie ich hörte, war Gianna Tate eine Kundin von Ihnen?" Es war eine Vermutung. Ben sollte eigentlich die Unterlagen überprüfen, aber stattdessen war er damit beschäftigt, über Miss Universe in ihren Lululemon-Leggings zu sabbern. Ich nahm an, dass Gianna wahrscheinlich einen Personal Trainer hatte, angesichts ihrer schlanken Figur. Es wäre so hilfreich, wenn sie aufwachen und erkennen würde, dass sie ein Geist ist – dann müsste ich nicht die ganze Zeit herumrennen!

„Und?"

- „Ich hörte ebenfalls, dass Sie beide gestern einen Streit in The Bay hatten."

- „War kein Streit." Er verschränkte seine muskulösen Arme vor der Brust und runzelte mich an.

Ich legte den Kopf schief. „Sie wissen doch, dass sie ermordet wurde, oder?"

Seine Arme fielen an seine Seiten, und sein Gesicht erschlaffte in einer Mischung aus Schock und Entsetzen. „Ich habe nichts von ihr gehört, also dachte ich, sie hätte das Training aufgegeben."

„Ging es darum bei dem Streit? Dass sie das Training aufgeben wollte?"

- „Hab Ihnen gesagt, es war kein Streit."

- „Eine *Diskussion* also."

Er blieb verschlossen. Eine Ader an seinem Hals pochte. Es war ziemlich ablenkend. Genauso wie sein zusammengepresster Kiefer.

Zeit, die Taktik zu ändern. „Es heißt, Gianna sei kaltherzig und eine Bulldogge vor Gericht."

„Ja, nun, die kennen sie nicht so wie ich. Wir sind in derselben Straße aufgewachsen. Sie war wie eine Schwester für mich."

- „Nun, worüber habt ihr zwei Geschwister am Tag ihres Mordes gestritten?", bohrte ich nach.

Harry Watts straffte seine Schultern. „Sie trank zu viel. Ich sagte ihr, sie solle aufhören. Sie wollte nicht."

- „Sie waren wütend, dass sie ihr Geld für Alkohol ausgab statt für eine PT-Sitzung mit Ihnen? Ich meine, bei Giannas Reichtum, wie viele Sitzungen hatte sie pro Woche bei Ihnen? Vier? Fünf? Mir scheint, sie war Ihre Goldgrube."

- „Hören Sie, eine Hand wäscht die andere", schnaubte Watts. „Wenn ich eine Klientin trainiere, die in ihrer Ehe unglücklich ist, schicke ich sie zu Gianna."

- „Und was springt dabei für Sie heraus?"

- „Ich will mein eigenes Fitnessstudio eröffnen,

und Gianna wollte für den Kredit mitbürgen. Also sagen Sie mir, Besserwisser." Watts stieß mir mit dem Finger gegen die Schulter. „Warum sollte ich sie umbringen?"

Warum tatsächlich? Was die Motive anging, hatte er keins. Es sei denn, er war der Erpresser. Aber sie wollte ja für den Kredit bürgen. Er musste ihr kein Geld abpressen. Und sie zu töten würde seine Träume zerstören, was ihm, wie ich sehen konnte, gerade klar geworden war.

„Wo waren Sie gestern Abend um sieben?"

- „Bei einem Kunden." Er warf meine Visitenkarte zu Boden und stapfte davon, anscheinend vergessend, dass er mitten in einer PT-Sitzung mit einem Klienten war.

„Das schien ja gut gelaufen zu sein." Ben holte mich ein, als ich nach draußen ging.

Ich warf ihm einen Seitenblick zu. „Ich bin überrascht, dass du das überhaupt bemerkt hast."

Ben ignorierte meinen Seitenhieb. „Na? Was hat er gesagt?"

- „Er sagte, dass sie einige Trainingsstunden verpasst hatte und zu viel trank."

- „Und *darüber* haben sie gestritten?"

- „Ich habe es auch nicht geglaubt. Aber er sagte auch, Gianna hätte zugestimmt, für einen Kredit zu bürgen, damit er sein eigenes Fitnessstudio eröffnen kann."

- „Ah." Ben hob einen Finger. „Kein Mordmotiv. Es lag in seinem Interesse, sie am Leben zu halten."

- „Genau. Es sei denn, sie hat den Deal abgeblasen?"

- „Eine Möglichkeit, das herauszufinden", sagte Ben.

Ich nickte. „Wir müssen mit ihr reden."

Ben rieb vergnügt seine Hände aneinander. „Der Einbruch ist wieder im Spiel!"

Wir fuhren zurück zu Beasley, Tate und Associates, wobei Ben auf dem Beifahrersitz saß. Amanda war weg und das Gebäude geschlossen, die Lichter aus. Ich nahm mein Dietrich-Set aus dem Handschuhfach und ging zur Eingangstür.

„Halt die Augen offen, okay?", sagte ich zu Ben, mir überdeutlich bewusst, dass ich dreist bei hellichtem Tag in ein Bürogebäude einbrach. Das war der Unterschied zwischen Galloways Job und meinem. Ich konnte Informationen auf unkonventionelle Weise beschaffen, während Galloway auf einen Durchsuchungsbefehl warten musste.

„Ich bin so froh, dass du den Polizeidienst verlassen und ein Privatdetektiv geworden bist", sagte ich zu Ben, während ich den Dietrich im Schloss manövrierte, nach den Stiften tastete und triumphierend grinste, als sie nach unten klickten und die Tür entriegelten.

Bens Lächeln war etwas melancholisch, als er durch die Tür trat und am Alarmtastenfeld wartete, bis ich zu ihm stieß. „Ja, nun, es war nicht meine freie Entscheidung, aber letztendlich hat sich alles zum Besten gewendet."

Ich schlüpfte hinein, schloss die Tür hinter mir ab und tippte die Zahlen ein, die Ben mir durchgab. Der Alarm wurde deaktiviert, bevor er in die Welt hinausposaunen konnte, dass wir eingebrochen waren.

„Alles außer dem letzten Teil", sagte ich leise, während meine Augen feucht wurden. Ich vermisste ihn. Ich vermisste es, dass er am Leben war. Sein Mord war das Schlimmste, was ich je durchgemacht hatte.

„Hey, jetzt mal halblang." Ben klopfte mir auf den Rücken, was wiederum meine Schultern durch den kalten Schock seiner Berührung nach hinten schnellen ließ. „Werd nicht sentimental. Natürlich wäre ich lieber am Leben, aber wenn ich in dieser Form immer noch mit dir abhängen kann, dann bin ich damit zufrieden."

- „Du wirst es mir aber sagen, oder? Wenn sich das jemals ändert und du weitergehen willst?"

- „Hör auf, dir Sorgen zu machen, Fitz. Ich gehe nirgendwo hin. Jetzt beweg deinen Hintern aus dem Eingangsbereich. Da kommt ein Auto, und wenn sie zufällig rüberschauen und jemanden hier stehen sehen, rufen sie vielleicht die Polizei."

Ich huschte hinter den Empfangstresen und duckte mich, wartete, bis das Auto vorbeigefahren war, bevor ich über die Kante spähte. Als die Luft rein war, richtete ich mich zu meiner vollen Größe auf und ging tiefer in das Gebäude hinein, den Korridor entlang zu Giannas luxuriösem Büro. Ich öffnete ihre Tür und trat ein.

„Oh gut, du bist zurück." Gianna schaute von ihrem Schreibtisch auf, auf dem Dutzende von Akten aufgeschlagen lagen. Ich wusste nicht, wie sie das schaffte, bis ich genauer hinsah und bemerkte, dass die Akten wie Gianna waren. Körperlos.

„Das ist der merkwürdigste Fall aller Zeiten", sagte ich zu Ben.

„Wer ist das?", fragte Gianna, ihre Augen fixierten Ben, eine Augenbraue hochgezogen.

„Du kannst ihn sehen?", keuchte ich.

„Natürlich kann ich ihn sehen. Was ist das denn für eine Frage?"

- „Ja, richtig. Natürlich." Ich räusperte mich. „Gianna, das ist mein guter Freund Ben Delaney. Ben, das ist Gianna Tate."

Ben neigte seinen Kopf. „Angenehm."

Gianna legte ihren Kopf schief und musterte ihn eindringlich. „Sie kommen mir bekannt vor. Kennen wir uns?"

Er schüttelte den Kopf. „Unwahrscheinlich, es sei denn, unsere Wege haben sich gekreuzt, als ich noch bei der Polizei war."

- „Sie sind Polizist?"

- „War ich. Ich habe gekündigt, um mein eigenes Privatdetektivbüro zu gründen."

Sie schnippte mit den Fingern. „Delaney Investigations! Also sind Sie Audreys Chef?"

Ich schnaubte lachend. „Wohl kaum."

- „Audrey hat das Geschäft übernommen", korrigierte Ben.

„Oh. Sie sind also auf Beratungsbasis hier?"

Ben warf mir einen Blick zu, und ich zuckte mit den Schultern. „Man könnte es so ausdrücken, denke ich."

Gianna nickte. „Gut, gut." Sie nahm einen Aktenordner und begann, durch die Seiten zu blättern.

„Wie macht sie das?", flüsterte ich Ben zu.

„Die sind nicht echt", flüsterte er zurück.

„Aber wie hat sie... sie erschaffen?"

Gianna warf die Akte auf den Schreibtisch und durchbohrte uns beide mit einem strengen Blick. „Ich kann euch hören, wisst ihr."

- „Entschuldigung."

- „Ich will keine Entschuldigungen. Ich will, dass ihr herausfindet, wer hinter diesem Erpressungsversuch steckt." Sie zeigte auf die Akte auf ihrem Schreibtisch. „Und wer mich getötet hat."

KAPITEL 8

*B*en nahm die Akte auf. „Das ist großartig. Wie hast du das gemacht?"

- „Was? Eine Akte erstellen? Ziemlich grundlegend, hätte ich gedacht", fauchte Gianna, ihre Nasenflügel bebten.

Ben warf ihr einen Blick zu. Einen, der sagte, dass er ihren Ton nicht schätzte. „Ich meinte, da du ein *Geist* bist," er betonte das Wort, „wie hast du einen körperlosen Gegenstand erschaffen? Normalerweise ist das nichts, was wir tun können."

- „Geist?", wiederholte sie, und ich warf Ben einen besorgten Blick zu. Würde sie gleich durchdrehen? Ausflippen, weil sie die Wahrheit entdeckt hatte?

„Richtig.“

Dann lachte Gianna. „Oh mein Gott, ich fühle mich wie ein Idiot. Die ganze Zeit bin ich als Tote herumgelaufen.“ Sie schaute mich an. „Warum hast du nichts gesagt? Ich muss sagen, du hast dich bemerkenswert gut gehalten.“

- „Du hast es verdrängt, und anfangs, als du Ben nicht sehen konntest? Ich wusste nicht, was ich von der ganzen Situation halten sollte, also dachte ich, ich lasse es sich entwickeln. Wann hast du es herausgefunden?“

- „Als ich meinen Mord in den Nachrichten gesehen habe.“

Ich schaute zum Flachbildfernseher an Giannas Wand, der Bildschirm war schwarz. Wie konnte sie die Nachrichten gesehen haben, wenn der Fernseher aus war?

Gianna bemerkte meine Verwirrung. „Ich wollte mir einen Kaffee aus dem Café die Straße runter holen. Nur konnten sie mich nicht bedienen, und sie haben einen Fernseher hinter der Theke. Während ich wartete, kamen die Nachrichten. Mein Mord war die Hauptnachricht.“

- „Das tut mir leid.“ Das tat es wirklich. Herauszufinden, dass man tot ist, musste schrecklich sein. Es so lange nach dem Ereignis zu erfahren, musste doppelt schlimm sein.

„Also?", forderte sie mit den Händen in die Hüften gestemmt. „Sagt mir, was ihr herausgefunden habt."

Ich tauschte einen weiteren Blick mit Ben. „Erinnerst du dich, was passiert ist?", fragte er stattdessen.

Sie sah ihn ausdruckslos an. „Was?"

- „Die Nacht, in der du gestorben bist", half er nach. „Erinnerst du dich, was passiert ist? Der schnellste Weg, einen Mord zu lösen, ist das Opfer zu fragen, wer es getan hat."

Ihr Mund öffnete und schloss sich ein paar Mal, und ich konnte praktisch sehen, wie die Zahnräder arbeiteten, als sie in ihrem Gedächtnis nach Antworten suchte. „Wir waren bei der Vorfeier in meinem Haus", begann sie und kniff die Augen zusammen, als würde sie die Antwort durch punktgenaues Sehen finden.

„Wer war da?", fragte Ben.

„Alle Mitarbeiter von Beasley, Tate und Associates. Plus das Cateringpersonal. Insgesamt drei. Es ist nur eine kleine, aber opulente Veranstaltung, um dem Team zu zeigen, wie sehr wir sie schätzen."

- „Ist jemand aufgetaucht, den du nicht erwartet hast?", fragte ich.

Sie schüttelte den Kopf. „Nein."

- „Erinnerst du dich, nach oben gegangen zu sein? In dein Schlafzimmer?"

Sie runzelte die Stirn. „Ich glaube schon." Ihre Hand ging zu ihrem Hals. „Meine Kette ist gerissen. Ich bin nach oben gegangen, um sie in meine Schmuckschatulle zu legen, mit dem Gedanken, sie während der Woche zum Juwelier zu schicken, damit sie repariert wird."

- „Wen hast du in deiner Garderobe gesehen?", fragte Ben.

„Niemanden. Da war niemand. Ich hatte die Kette in der Hand. Ich habe sie in die hölzerne Schmuckschatulle gelegt, die ich in der obersten Schublade der Kommode in meiner Garderobe aufbewahre. Ich habe die Schublade geschlossen und bin gegangen."

Nur hatte sie das nicht. Irgendwann zwischen dem Schließen der Schublade und dem Verlassen des Raumes wurde sie getötet.

Ein Ausdruck, den ich noch nie zuvor bei ihr gesehen hatte, huschte über ihr Gesicht. Panik. „Warum kann ich mich nicht erinnern?", rief sie.

Ben legte sanft eine Hand auf ihren Arm. „Ist schon gut. Das passiert oft. Manchmal, wenn du plötzlich und gewaltsam stirbst, behältst du diese Erinnerung nicht."

Sie sog zitternd Luft ein. „Ist dir das auch passiert?"

Er nickte. „Ja. Aber Audrey hat es herausgefunden. Sie hat meinen Mörder gefasst. Und sie wird auch deinen finden."

- „Ich werde mein Bestes geben", sagte ich mit einem entschlossenen Nicken.

Gianna fuhr sich mit den Händen übers Gesicht, holte noch einmal tief Luft und straffte die Schultern. „Gut. Ich reiße mich zusammen." Sie atmete aus. „Ihr seid aus einem bestimmten Grund hergekommen. Um mich etwas zu fragen?"

- „Ja. Harry Watts. Du hattest gestern Mittag im Bay mit ihm zu tun, und ihr beide hattet eine Meinungsverschiedenheit. Erinnerst du dich?"

Gianna lächelte herzlich. „Ach ja, Harry. Wir sind zusammen aufgewachsen, sogar Nachbarn."

- „Ach wirklich", sagte Ben gedehnt. Ich sah ihn an, und er zuckte mit den Schultern, und ich war mir nicht sicher, ob er mir damit etwas sagen wollte oder nicht. Harry hatte uns bereits erzählt, dass sie in derselben Straße aufgewachsen waren.

„Er hat auch gesagt, dass ihr gestritten habt, weil er sich Sorgen um dein Trinkverhalten gemacht hat", sagte Ben.

„Was?" Ihr Kreischen war ohrenbetäubend, und ich zuckte zusammen und bedeckte meine Ohren mit den Händen. „Dieser kleine-" Sie unterbrach sich selbst, aber ich konnte mir denken, was sie sagen wollte.

„Lügner?", schlug ich vor.

Sie begann auf und ab zu gehen. „Ja. Lügner trifft es ganz gut." Sie lief hin und her und schüttelte gleichzeitig den Kopf. „Ich habe versucht, ihm zu helfen. Wirklich."

- „Indem du für einen Kredit gebürgt hast, damit er sein eigenes Fitnessstudio eröffnen konnte", gab ich als Stichpunkt.

Sie sah mich an, hörte aber nicht auf zu laufen. „Das hatte ich vor. Und dann sah ich seinen Businessplan."

- „Nicht gut?", vermutete Ben.

„Es war Mist. Es war, als ob er Zahlen aus seinem-" Sie fing sich und korrigierte sich. „aus der Luft gegriffen hätte - ohne irgendwelche Belege. Natürlich habe ich ihn darauf angesprochen. Wenn ich in sein Geschäft investiere, sollte er verdammt noch mal einen Erfolg daraus machen, und er hatte keinen guten Start." Sie lief auf und ab und schimpfte, dann schimpfte sie noch mehr. „Ursprünglich hatte er nicht einmal einen Businessplan. Erst als ich ihn danach fragte und ihm sagte, dass die Bank auch danach fragen würde. Das ist nicht wie beim Autokauf. Man braucht Marktforschung und einen klaren Plan, wie man es vermarkten will, wie man den Kredit und andere Gläubiger zurückzahlen will."

- „Also hast du das Angebot, für den Kredit zu bürgen, zurückgezogen", stellte Ben fest und verschränkte die Arme vor der Brust.

Gianna hielt inne. „Eigentlich nicht."

- „Nein?"

Sie schüttelte den Kopf. „Ich wollte, dass er erfolgreich wird. Und um erfolgreich zu sein, musste er die Dinge richtig machen, was bedeutete, die richtigen Leute um sich zu haben, die ihn beraten. Ich gab ihm kostenlose Geschäftsberatung, empfahl einen Buchhalter und einen Finanzberater und sagte ihm, er solle mit dem Geschäftsplan neu anfangen. Ich würde nichts unterschreiben, bis er ein Dokument entwickeln konnte, das wirtschaftlich Sinn machte."

- „Aber insgesamt denkst du, die Fitnessstudio-Idee war solide?", fragte ich.

Sie nickte begeistert. „Absolut. Harry ist ein großartiger Trainer. Er weiß, was er tut. Und ein Fitnessstudio ist eine gute Investition. Aber Harry, nun ja, er war noch nie gut mit Geld. Er ist der Typ, der von Gehaltsscheck zu Gehaltsscheck lebt."

- „Und du wolltest deine Investition schützen." Das machte absolut Sinn. „Warum wurde er so wütend, als du gesagt hast, dass du nicht unterschreiben würdest? Nun, *noch* nicht unterschreiben würdest", korrigierte ich.

Sie fuhr mit der Hand um ihren Hals und ging hinüber, um aus dem Fenster zu schauen. „Ich konnte sehen, dass er es überstürzte. Um ein erfolgreiches Unternehmen zu führen, braucht man ein solides Fundament. Er sagte, er hätte Kunden, die nur darauf warten, beizutreten, aber das wird dir nichts nützen, wenn du dir die Miete nicht leisten kannst oder keine Geräte hast. Aber in Harrys Kopf war er *jetzt* startklar. Er sah keinen Wert in einem Geschäftsplan. Er nannte es aufgeblähten Papierkram."

- „Ich habe vorhin mit ihm gesprochen", sagte ich und beobachtete ihre Reaktion, „und er war ziemlich aggressiv. Ist das sein üblicher Stil?"

Sie schüttelte den Kopf. „Das ist mir in letzter Zeit auch bei ihm aufgefallen. Er ist gereizt und gestresst. Dass er mich gestern angefahren hat, als ich sagte, wir seien noch nicht bereit, die Kreditunterlagen zu unterschreiben? Das war so untypisch für ihn.“

Ich sah zu Ben hinüber, um seine Gedanken einzuschätzen. „Vielleicht ist etwas anderes los?“, schlug er vor. „Abgesehen von der Fitnessstudio-Sache. Hat er finanzielle Probleme?“

- „Das ist möglich. Wie gesagt, er lebt von einem Gehaltsscheck zum nächsten, mit wenig bis gar keinen Rücklagen. Er war wütend, als ich sagte, ich sei noch nicht bereit, für den Kredit zu unterschreiben. Sagte, er brauche das Geld jetzt.“ Sie sah von Ben zu mir.

„Wütend genug, um dich zu töten?“

- „Nein“, sagte sie nachdrücklich. „Ich kenne Harry, seit ich ein Kind war, und glaub mir, wir hatten schon einige heftigen Streitereien. Die Meinungsverschiedenheit gestern war nichts. Außerdem, wenn er mich umbringen würde, bekäme er das Geld nie. Also kein Motiv. Was ist sein Alibi? Wo war er, als ich niedergestochen wurde?“

- „Er war bei einem Kunden. Ich werde das

überprüfen, um es zu verifizieren." Ich zog mein Handy heraus und klickte auf ein Foto. „Erinnerst du dich an diesen Typen?"

Gianna starrte auf den Bildschirm und schnaubte dann. „Das ist Troy Barnes. Ich habe seine Frau, Elissa, bei ihrer Scheidung vertreten."

- „Ich nehme an, du hast gewonnen?"

- „Natürlich."

- „Ist das der Grund, warum Troy so wütend auf dich war?"

Gianna winkte abweisend. „Der Mann war betrunken, aber ja, er kreischte, dass er alles verloren hätte und es alles meine Schuld sei." Sie ging auf und ab. „Das ist nichts Neues. Die Mehrheit meiner Mandanten sind weiblich, und die Mehrheit meiner Fälle gewinne ich, also ja, ich habe viele verbitterte Ex-Ehemänner, die auf mich losgehen."

- „Genug, um dich zu töten?" Ben trat ihr in den Weg, und sie blieb stehen, um ihn anzusehen.

„Nein. Absolut nicht."

Ich tauschte einen Blick mit Ben aus. Keiner von uns glaubte ihr. Zeit, Troy Barnes aufzuspüren und zu hören, was er dazu zu sagen hatte.

„*D*ieser Mann hat sein Geschäft, sein Zuhause und seine Familie verloren, ging bankrott und landete in einer Entzugsklinik, dank Ihrer toten Scheidungsanwältin." Roy Mullins zupfte an den Aufschlägen seiner schlecht sitzenden Anzugjacke, Schweißflecken verfärbten die Achselhöhlen. Die Knöpfe seines weißen Hemdes spannten sich unter dem Druck des enormen Bauches, der über seinem Gürtel hing.

„Wo ist er jetzt?" Roy besaß das Autohaus, in dem ich gerade stand. Dasselbe Autohaus, in dem Troy Barnes arbeitete.

„Er ist heute nicht zur Arbeit erschienen."

Ich konnte erkennen, dass Roy seinen Mitarbeiter verteidigen wollte, aber die Art, wie seine Augen von mir weg zu den Autos auf dem Hof schweiften, verriet mir, dass er sich nicht hundertprozentig sicher war, ob Troy Gianna nicht getötet hatte.

„Ich nehme an, er sollte heute arbeiten?"

Roy nickte. „Wochenenden sind unsere geschäftigste Zeit. Und da Troy sein Kind kaum sieht – dank dieser gerichtlichen Anordnung – hat er sich freiwillig für die Wochenendschicht gemeldet."

Ich reichte Roy meine Visitenkarte. „Falls er auftaucht, lassen Sie ihn mich anrufen."

- „Ich werde ihm mitteilen, dass Sie vorbeigeschaut haben." Roy salutierte, dann eilte er davon, um das Paar zu begrüßen, das gerade angekommen war und in das Fenster einer gelben Corvette spähte.

„Das war ein Reinfall", murmelte ich und ging zurück zu meinem Auto.

„Nicht unbedingt", antwortete Ben. „Wir wissen, dass Troy Barnes ein starkes Motiv hatte, Gianna tot zu sehen."

- „Aber er baute sein Leben wieder auf. Warum sollte er das riskieren?" Ich deutete mit dem Daumen auf das Gebrauchtwagengeschäft hinter uns.

Ben schnaubte. „Das ist kaum eine Karrierewahl. Mit dem Verkauf von verbeulten Gebrauchtwagen würde man nicht gerade viel Geld verdienen. Und die Tatsache, dass er heute nicht zur Arbeit erschienen ist? Sus."

- „Sus? Was ist das, Teenagersprache?"

„Es bedeutet verdächtig", sagte Ben defensiv, verschränkte die Arme vor der Brust und lümmelte sich in den Beifahrersitz. „Und ja", er räusperte sich,

„ich habe in letzter Zeit vielleicht ein bisschen zu viel Bailey Sarian geschaut."

- „Ist das eine Fernsehsendung?"

- „YouTube-Kanal."

- „Wie zum Teufel schaffst du es, YouTube-Videos zu schauen?"

Ben grinste und hellte auf. „Ganz einfach. Ich habe herausgefunden, dass ich mein *Ding* auf jedem eingeschalteten Computer oder Gerät machen kann. Viele Leute lassen ihre Laptops oder iPads an. Ich muss es nur berühren und kann dann ziemlich viel damit anstellen, vorausgesetzt sie haben die entsprechenden Apps installiert."

- „Es ist Seb, oder? Ich wette, er lässt seinen Computer absichtlich an, damit du ihn benutzen kannst."

Ben blinzelte, dann räusperte er sich. „Was bringt dich auf die Idee, dass es Seb ist?"

Oh, es war Seb. „Weil er ziemlich intuitiv ist. Er hat schnell mitbekommen, dass ich mit Geistern sprechen kann. Ich denke, er spürt deine Anwesenheit. Er weiß über deine Fähigkeit, auf den Datenwellen zu surfen, also dachte er wahrscheinlich, wenn er seinen Computer für dich anlässt, könntest du... was? Unbegrenzten Zugang zu Shopping-Websites haben." Ein schrecklicher

Gedanke kam mir in den Sinn. „Oh mein Gott, du kannst doch nicht online bestellen, oder?"

Ben legte eine Hand auf seine Brust, als wäre er beleidigt, dass ich so etwas andeuten würde. „Technisch gesehen? Ja. Moralisch? Nein."

Ich warf mein Handy in die Mittelkonsole. „Hier. Mach dein Ding. Nutze meine App und finde eine Adresse für Troy Barnes. Ich glaube, er könnte unser Killer sein."

KAPITEL 9

Die einzige Adresse, die Ben für Troy finden konnte, war das Haus, in dem er mit seiner Ex, Elissa, gelebt hatte. Das Haus, das Elissa bei der Scheidung bekommen hatte. Ich fuhr in die Einfahrt und bewunderte den zweistöckigen Kolonialstil mit angebauter Garage und sauber gemähtem Vorgarten.

„Siehst du das?", fragte ich und nickte in Richtung eines mit Brettern vernagelten Fensters neben der Haustür.

„Mhm. Glaubst du, Troy ist dafür verantwortlich?"

„Schwer, sich etwas anderes vorzustellen."

Eine Stimme ertönte vom Nachbargrundstück. „Sie sind nicht zu Hause!" Ich drehte mich um und sah eine birnenförmige Frau mit kurzen, pinken Haaren und lindgrünen, drahtrahmigen Brillen, die in der Einfahrt ihr Auto wusch.

„Wir suchen Troy Barnes", sagte ich.

„Er darf hier nicht mehr auftauchen." Sie schnüffelte, warf den Schwamm in den Eimer mit seifigem Wasser und schob ihre Brille wieder auf ihre Nase hoch.

„Warum nicht?"

- „Kam letzte Woche vorbei, stockbesoffen, und geriet mit seiner Frau in einen Streit. Hat ein Fenster zerbrochen."

- „Wow. Macht Sinn. Ich wäre auch sauer, wenn ich dieses Haus bei einer Scheidung verlieren würde." Das Haus war wunderschön, aber was würde das Einschlagen eines Fensters bringen? Außer eine einstweilige Verfügung zu verletzen. „Haben Sie eine Ahnung, wo ich ihn finden kann?"

- „Weiß nicht, ist mir egal. Solange er von dieser Nachbarschaft fernbleibt, ist mir alles andere egal. Der Kerl ist eine Bedrohung."

- „Ist seine Ex-Frau da?"

- „Elissa? Sie ist wahrscheinlich mit ihrem Freund unterwegs. Wo, ist aber die Frage. Hören Sie, es tut mir leid, ich muss aufräumen. Troy ist nicht hier." Sie hob ihren Eimer auf, schüttete den Inhalt auf den Vorgarten, holte den Schwamm, der mit dem Wasser herausgeflogen war, und ging ins Haus.

„Okay, Superdetektiv, was jetzt?", fragte Ben, als er wieder auf dem Beifahrersitz in meinem Auto Platz nahm. Als ich mich auf den Fahrersitz gleiten ließ, trommelte ich mit meinen Daumen auf dem Lenkrad, während ich einen Moment nachdachte. „Wir stehen vor einer Sackgasse. Kein Wortspiel beabsichtigt."

- „Weißt du, du könntest Galloway immer nach Troys letzter bekannter Adresse fragen. Wenn der Typ eine einstweilige Verfügung verletzt hat", Ben deutete auf das zerbrochene Fenster, „hätten sie seine aktuellen Informationen in der Akte."

Ich knackte mit dem Nacken. Ja, das könnte ich definitiv tun, aber dann würde ich die Liebe meines Lebens darauf aufmerksam machen, wo wir mit unseren Ermittlungen stehen, was meiner wettbewerbsorientierten Seite nicht gefiel. „Vielleicht", sagte ich, während ich von Elissas Wohnort wegfuhr und nach Hause fuhr. Zeit, meine Finger auf die Tastatur zu legen und ein bisschen nachzuforschen. Wenn alles andere scheitert, schicke ich Ben zur Polizeistation, um in ihrer Datenbank zu stöbern.

„Ich weiß, dass du und Kade diese kleine Wette

am Laufen habt", sagte Ben neben mir. Ich spürte, dass eine Predigt auf mich zukam. Mit einer herkulischen Anstrengung kontrollierte ich meine Augäpfel und verbot ihnen, zu rollen. Stattdessen konzentrierte ich mich auf die Straße vor uns und hörte Ben nur mit halbem Ohr zu.

„Wenn ihr zusammenarbeiten würdet, könntet ihr den Fall schneller lösen. Und dann könntet ihr euch auf die Hochzeit konzentrieren."

Der letzte Teil erregte meine Aufmerksamkeit.

Ich wäre fast von der Straße abgekommen. „Hochzeitsplanung? Machst du dir Sorgen, dass ich nicht genug Zeit damit verbringe, *meine* Hochzeit zu planen? Entspann dich, Kumpel, das ist noch Monate hin." Eine Sache über meinen machohaften, männlichen besten Freund: Er hatte durchaus eine weibliche Seite. Seine Besessenheit vom Shoppingkanal zum Beispiel. Und meine Hochzeit kam gleich an zweiter Stelle. Vielleicht lag es daran, dass Ben nie geheiratet hatte, bevor er starb, und jetzt durch mich stellvertretend lebte. Oder vielleicht mochte er einfach große, bauschige Baiser-artige Kleider. Wer weiß? Aber seit Galloway mich gebeten hatte, ihn zu heiraten, war Ben ein bisschen besessen von der Hochzeit. Genau wie alle anderen in meiner Familie.

„Ich mache mir keine Sorgen."

Als ich ihm einen Blick aus dem Augenwinkel zuwarf, war klar, dass er sich definitiv Sorgen machte. Die Falte zwischen seinen Augenbrauen verriet es. Und die Art, wie seine Mundwinkel nach unten zeigten. Entweder verärgert oder schmollend, ich war mir nicht sicher, was von beidem.

„Oh, gut. Ich würde dein besorgtes Gesicht sowieso nicht gerne sehen. Also, zurück zum Fall. Ja, ich könnte Galloway um Hilfe bitten, aber so weit bin ich noch nicht. Gib mir etwas von den Lorbeeren. Ich bin eigentlich ziemlich gut in diesem ganzen Privatdetektiv-Ding. Warum besuchst du nicht für eine Weile Gianna? Sie sagte, sie wolle in ihrem Büro bleiben, dass das *Arbeiten* mit ihren Akten ihr Trost spende."

- „Gute Idee. Vielleicht kann ich etwas aus ihrer Erinnerung herauskitzeln. Sie muss ihren Mörder gesehen haben. Sie wurde von vorne erstochen. Unmöglich, dass sie ihn übersehen hat."

- „Stimmt."

Aber er war verschwunden. Ich sprach mit einem leeren Sitz.

„Mama! Mama! Mama!" Ich konnte Bandit hören, bevor ich sie sah, ihre Pfoten kratzten auf dem Dielenboden, als sie durch das Haus flitzte. Ich hatte vergessen, dass ich ihr einen Haarschnitt verpasst hatte, also war ich kurzzeitig verblüfft, als sie auftauchte. Ich hatte diesem Waschbären keine Gerechtigkeit widerfahren lassen.

„Hoppla."

Ich begutachtete den Schaden. Ein Fellfleck in der Mitte ihres Rückens war unversehrt geblieben. Der Rest von ihr war ein zerzaustes Durcheinander. „Wie würdest du dich bei einem Ausflug zum Tierfriseur fühlen?", fragte ich und kratzte ihren Kopf, als sie sich auf ihre Hinterbeine stellte, bereit für etwas Zuneigung.

„Nicht zum Tierarzt?"

- „Nicht zum Tierarzt", stimmte ich zu. „Ich werde einen Katzenfriseur finden, der helfen kann. Thor kann auch mitkommen."

Wenn man vom Teufel spricht – Thor watschelte den Flur hinunter, sein Bauch wölbte sich. Die Diät funktionierte nicht. Ich fragte mich, ob ich ihn zur Benutzung eines Laufbands überreden könnte, wenn ich eines besorgen würde?

„Thor kann was?", fragte Thor und rieb sein Gesicht schnurrend an meinem Schienbein. Er war wirklich die niedlichste Katze, mit einem runden Gesicht wie ein Teddybär. Selbst wenn er ein Dickerchen war, blieb er niedlich. Leider konnte ich dasselbe nicht über seine Einstellung sagen.

„Zum Tierfriseur mitkommen. Bandits Fell muss repariert werden. Und es würde nicht schaden, wenn du auch gepflegt wirst." Wer A sagt, muss auch B sagen.

„Was ist ein Friseur?", fragte Bandit.

„Jemand, der dein Fell bürstet", erklärte ich.

„Oh! Wie mein Spa gestern?" Sie klatschte vor Freude ihre kleinen Pfoten zusammen.

„Ja! Nur besser."

- „Du wirst mich nicht in die Spüle stecken und den Wasserhahn aufdrehen." Thor drehte sich um und lief davon, seinen Schwanz zuckend, was ich als Verärgerung über die Erwähnung des ‚Spas' interpretierte.

„Ja, nun", rief ich ihm nach, „wenn du sie nicht ermutigt hättest, in die Speisekammer einzubrechen, wäre das alles nicht passiert!"

- „Hab ich nicht!", rief er zurück.

„Lügner!"

- „Bist du böse, Mama?", fragte Bandit

niedergeschlagen, während sie zu meinen Füßen saß.

Kopfschüttelnd hob ich sie in meine Arme und drückte sie an meine Brust. „Nein, Liebling. Nicht böse. Nur enttäuscht." Meine Güte, ich war offiziell meine Mutter geworden.

Nachdem ich Bandit einen Kuss auf den Kopf gegeben hatte, setzte ich sie auf den Boden und zog mein Handy heraus, um nach Katzenpflegern zu suchen, die sonntags geöffnet hatten. Schließlich fand ich einen, der bereit war, sich um einen Waschbären zu kümmern, und sie hatten einen freien Termin. Bandit und Thor in ihre jeweiligen Transportboxen zu stecken und ins Auto zu laden, war schon ein Workout für sich. Thor ließ seinen Unmut während der gesamten Fahrt lautstark erkennen und überzeugte Bandit, dass wir tatsächlich zum Tierarzt fuhren, weil er jedes Mal, wenn er in seiner Transportbox gewesen war, dort gelandet war, und dieses eine Mal war er ohne einen bestimmten Teil seiner Anatomie nach Hause gekommen, und das hatte er *nicht* vergessen.

Als ich vor dem Pflegesalon anhielt, hob ich zuerst Thor heraus.

„Da!", verkündete ich. „Sieht das etwa wie ein Tierarzt aus?"

Seine orangefarbenen Augen spähten durch das Gitter seiner Box. „Du bringst uns in ein Tierheim?", jammerte er und begann, sich in seiner Transportbox im Kreis zu drehen, was eine beachtliche Leistung war, da er die gesamte Box ausfüllte. Aber die ruckartigen Bewegungen machten die Box schwer zu halten. Ich ließ den Griff los und umarmte sie mit meinen Armen, drückte sie in einer unbeholfenen Umarmung an meine Brust, für den Fall, dass ich ihn fallen lassen würde.

„Sshhh", beruhigte ich ihn und merkte, dass ich einen Fehler gemacht hatte. „Der Tierpfleger arbeitet im Tierheim. Schau, du kannst das Schild dort drüben sehen." Ich zeigte auf ein niedliches kleines Schild, auf dem einfach ‚Tierpfleger' in einer schicken Schrift stand. „Ich gebe dich nicht weg. Ich würde dich niemals weggeben. Ich liebe dich. Und Bandit. Wir sind nur hier, um dein Fell gut zu bürsten und dich gut riechen zu lassen." Ich erwähnte nicht das Bad, das mit dem Bürsten einherging.

„Was ist falsch an meinem Geruch?"

Ich verdrehte die Augen. „Nichts. Ehrlich, Thor, ich habe dich mitgebracht, um Bandit ruhig zu halten. Du brauchst nicht wirklich eine Pflege, aber sie schon. Dringend. Kannst du mir helfen?" Mir wurde nachträglich klar, dass ich von Anfang an mit dieser Taktik hätte beginnen sollen, denn Thor beruhigte sich sofort, seine schlauen Augen wanderten von mir zum Tierheim und zu Bandit. „Du lässt sie nicht hier, oder?"

- „Auf keinen Fall."

- „Okay." Und genau so war alles wieder in Ordnung. Ich brachte Thor zuerst hinein und meldete mich bei der Empfangsdame des Tierheims an, die mich zum Tierpfleger führte, der einen eigenen kleinen Warteraum hatte. Ich ließ Thor dort und holte Bandit.

„Wo ist Thor?", flüsterte sie und lag flach am Boden ihrer Box. Ich fühlte mich wie ein Monster.

„Es geht ihm gut. Er wartet drinnen auf uns", versicherte ich ihr. „Er hatte ein bisschen Angst, aber jetzt geht es ihm gut."

- „Ich habe keine Angst."

Ich kicherte über ihre Lüge, spielte aber mit. „Ich weiß, dass du keine Angst hast, weil du ein sehr mutiger Waschbär bist."

- „Aber Thor hatte Angst." Sie blinzelte und nickte leicht mit dem Kopf.

„Das hatte er. Aber du kennst doch Thor", warnte ich sie. „Er wird es nicht zugeben."

- „Okay."

Ich kaute an meiner Lippe und ging in meinem Kopf verschiedene Möglichkeiten durch. Ursprünglich wollte ich Thor vorangehen lassen, um Bandit zu zeigen, dass es nichts zu befürchten gab. Jetzt fragte ich mich, ob es nicht umgekehrt sein sollte.

„Wie wäre es, wenn du zuerst gehst?", fragte ich Bandit, während ich sie hineintrug. „Ich glaube, Thor ist ein bisschen nervös."

Bandit nickte, fast wieder ganz die Alte. „Ja! Ich kann zuerst gehen und Thor zeigen, dass ich mutig bin."

Nachdem ich Bandits Transportbox auf einen Stuhl neben Thors gestellt hatte, ging ich zum Tresen.

„Audrey, nicht wahr?" Die Frau in der bunten, mit Haustier-Motiven verzierten Schürze hatte eine Stimme wie rostige Nägel, und nach den tiefen Linien um ihren Mund zu urteilen, nahm ich an, dass es vom Rauchen kam. Ihre Haut war stark gebräunt und erinnerte an Leder.

„Ja. Ich bin hier mit Thor, einer Britisch Kurzhaarkatze, und Bandit, einem Waschbären."

- „Wir pflegen nicht oft Waschbären", sagte sie mit einem Blick auf Bandit, die durch die Gitterstäbe ihrer Transportbox zu uns herüberschaute. Thor hatte sich so weit wie möglich in seine Box zurückgezogen, und mir tat das Herz weh für ihn. Ich hatte unterschätzt, wie traumatisch das ganze Erlebnis sein würde, und jetzt wünschte ich, ich hätte ihn zu Hause gelassen.

„Ich hätte nie gedacht, dass ich sie mal zu einem Tierfriseur bringen müsste", gestand ich. „Aber sie ist gestern Abend an Erdnussbutter geraten, und ich konnte es nicht herausbekommen, also habe ich es herausgeschnitten. Heute ist mir aufgefallen, was für eine jämmerliche Arbeit ich geleistet habe, und ich hoffe, der Tierfriseur kann helfen?"

- „Wie schlimm ist der Schnitt?"

- „Es ist schlimm." Ich beugte mich näher und senkte meine Stimme. „Sie müssen sie vielleicht rasieren."

Die Frau, Shirley, wie ihr Namensschild verriet, schnaubte. „Ich werde Michelle Bescheid geben. Rasieren wäre die letzte Option, aber vielleicht kann sie etwas Trendiges aus dem Schnitt machen. Wäre das okay für dich?"

- „Alles wäre eine Verbesserung."

Shirley reichte mir eine Karte und einen Stift. „Übergib mir den Waschbären, und ich bringe sie nach hinten, während du ihre Daten ausfüllst."

- „Sie heißt Bandit." Ich beeilte mich, Bandits

Transportbox aufzuheben, hockte mich davor und steckte meine Finger durch das Gitter, um ihre Nase zu streicheln. „Es wird alles gut", flüsterte ich. „Du wirst fantastisch aussehen. Und es wird überhaupt nicht wehtun, versprochen." Ich betete im Stillen, dass die Tierfriseurin sie nicht mit etwas Scharfem verletzen und mich zur Lügnerin machen würde.

„Ich bin mutig, Mama!", erklärte Bandit mit solcher Überzeugung, dass mein Herz sich vor Liebe zusammenzog. War es das, was man beim Kinderkriegen erlebte? Wenn man sie an jemand anderen übergeben musste und sich ständig Sorgen machte, ob sie ohne einen zurechtkommen würden? Mein Gott, ich war mir nicht sicher, ob ich das aushalten konnte. Es war schon schwer genug mit meinen Haustieren, ganz zu schweigen von einem kleinen Menschen, was meine Haltung, keine Kinder zu bekommen, weiter festigte.

Ich saß da und wartete, während Thor in seiner Box neben mir zitterte. Ich hielt einen Arm über die Box, mit den Fingern durch die Seite gesteckt, damit ich ihn berühren und ihm versichern konnte, dass er nicht sterben würde, während ich mich gleichzeitig wie das schlechteste Haustierelternteil der Welt fühlte. Ich hätte Ben danach fragen sollen, aber ich hatte angenommen, dass er Thor mindestens einmal in seinem Leben zum Tierfriseur gebracht hatte. Anscheinend nicht.

Schließlich kam Bandit zurück, und Thor war an der Reihe. Er hatte sich etwas entspannt, als er sah, dass Bandit unverletzt und offensichtlich glücklich war.

„Mama!", rief sie, als sie mich sah. „Die nette Dame hat dieses lustige Ding benutzt, das auf meiner Haut gesummt und vibriert hat, und dann hat sie mein Fell weggenommen!"

- „Ich nehme an, sie ist rasiert?", fragte ich Shirley, die grinste und nickte.

„Konnte nicht viel retten. Du hast es wirklich zerhackt. Was hast du benutzt, eine Gartenschere?"

Ich zuckte zusammen, überrascht. Ich wusste, dass es schlimm war, aber eine Gartenschere? Komm schon, ich bin kein Neandertaler. Ich habe natürlich Küchenscheren benutzt.

„Jedenfalls hat Michelle ein niedliches kleines Muster auf ihren Rücken gemacht. Hoffe, es gefällt dir", sagte Shirley, nahm Thors Transportbox an und drehte sich um.

Die nächste Stunde verbrachte ich damit, Thors Gejaule zu lauschen. Er machte seinen Unmut bei jedem Schritt deutlich. Ehrlich gesagt fiel es mir schwer, nicht zu lachen wegen seiner empörten

Schreie von *„Fass mich da nicht an!"* bis zu *„Was glaubst du, was du damit machst?"* bis hin zu einem gedämpfteren *„Eigentlich ist das gar nicht so schlecht, mach das nochmal."*

Shirley tauchte wieder auf. „Michelle macht gerade den letzten Schliff bei unserem Lautsprecher da hinten." Sie deutete mit dem Daumen hinter sich. „Wenn es dir recht ist, können wir jetzt abrechnen?"

- „Klar. Und ich bringe Bandit schon mal ins Auto, damit wir verschwinden können, sobald Thor fertig ist."

Shirley rechnete ab und mir traten Tränen in die Augen bei der Rechnung. Bandit sollte besser in ihrem ganzen Leben keinen weiteren Pflegetermin brauchen, oder ich müsste sie losschicken, um einen Job zu finden. Es war nicht gerade billig. Aber ich zahlte und gab noch Trinkgeld, brachte sie dann zum Auto und sicherte ihre Transportbox auf dem Rücksitz mit dem Sicherheitsgurt durch den Tragegriff, bevor ich wieder hineinging.

Thors Transportbox stand auf der Theke, Shirley lehnte mit den Ellbogen daneben und wartete.

„Danke. Auch an Michelle", sagte ich. „Ich weiß es wirklich zu schätzen, dass ihr mich heute noch eingeschoben habt. Und es tut mir leid, dass er so laut war. Das wusste ich nicht."

Shirley lächelte. „Das gehört zu unserem Job."

- „Ist Michelle hier? Ich würde mich gerne persönlich bei ihr bedanken." Und ihr Trinkgeld geben. Obwohl ich bereits eine unanständig hohe Summe für ihre Dienste bezahlt hatte, fand ich trotzdem, dass die arme Frau für das, was Thor ihr zugemutet hatte, etwas extra verdiente. Es kann nicht einfach sein, ein Tier zu pflegen, das die ganze Zeit jammert, und da sie nicht verstehen konnte, was er sagte, wäre sie ratlos gewesen, worin das Problem bestand.

„Sie ist weg", sagte Shirley.

„Weg?" Aber wie? Es waren gerade mal fünf Minuten vergangen, seit sie mit Thor fertig war.

„Sie ist gestresst, teilweise weil sie in so große Fußstapfen treten muss."

- „Tatsächlich?"

- „Ja, sie ist neu hier. Unsere andere Tierpflegerin hat gekündigt, und natürlich liebten alle unsere Kunden Susan. Michelle hat das Gefühl, nicht mithalten zu können. Tierpflege ist eine sehr persönliche Sache... und wenn man eine Pflegerin gefunden hat, die gute Arbeit leistet, nicht nur beim Schnitt, sondern auch dadurch, dass sie das Tier nicht zu sehr stresst und einem auffällige Dinge mitteilt, ist es schwer, sie zu verlieren.

„Michelle hat mit Leuten zu tun, die von ihr erwarten, dass sie die gleichen Multitasking-Fähigkeiten wie Susan hat, aber soweit ist sie einfach noch nicht. Also wurde sie angeschrien, angepflaumt und angezickt."

Ich blinzelte und wusste nicht, was ich sagen sollte. Ich hatte nichts von alledem getan, und als Erstkunde hatte ich keine anderen Erwartungen, als am Ende ein gepflegtes Haustier zu haben. „Nun, richte ihr von mir aus, wenn du sie das nächste Mal siehst, dass sie großartige Arbeit geleistet hat. Ich weiß das zu schätzen."

„Sie hat Männerprobleme", vertraute mir Shirley an, begierig darauf, über ihre Kollegin zu tratschen.

„Das ist blöd." Arme Michelle. Stress bei der Arbeit, Ärger zu Hause.

„Hat sich mit einem geschiedenen Kerl eingelassen, der wirklich erst sein Leben in Ordnung bringen sollte, bevor er in eine neue Beziehung springt, aber Michelle? Sie denkt mit ihrem Herzen, was wirklich nur zu einem führt. Herzschmerz."

Meine Ohren spitzten sich. „Weißt du, wer der Typ ist?" Ich meine, es gab eine Menge geschiedener Männer in Firefly Bay. Wie hoch waren die Chancen, dass meine neue Tierpflegerin mit meinem Verdächtigen zusammen war?

Stellt sich heraus: hundert Prozent.

„So ein Versager namens Troy Barnes. Kennst du ihn?"

- „Tatsächlich versuche ich, ihn aufzuspüren", sagte ich, lehnte mich mit den Ellbogen auf den Tresen und beugte mich vor, wobei ich Shirleys Pose nachahmte. „Du weißt nicht zufällig, wo ich ihn finden könnte?"

Shirley dachte eine Minute nach, ihre Finger trommelten auf dem Tresen. „Normalerweise ist er bei Michelle zu Hause, aber ich weiß, dass sie streiten, weil er letzte Nacht nicht nach Hause gekommen ist, und du und ich wissen beide, was das bedeutet... er war unterwegs und hat mit anderen Frauen angebandelt."

Oder er hat sie umgebracht.

„Wo wohnt Michelle?"

- „Draußen an der Henderson Road, gleich hinter der roten Scheune."

„Cool, ich schaue mal vorbei. Nun, danke für alles. Du – und Michelle – wart eine große Hilfe."*Lady, du hast keine Ahnung.*

„Jederzeit. Hab einen schönen Tag." Shirley nickte und lehnte weiter am Tresen, während sie beobachtete, wie ich Thor aufhob und zum Auto trug. Ich konnte mein Glück kaum fassen. Meine

Nebenquest, die sich mit Bandits Fellsituation befasste, hatte zu einem handfesten Hinweis auf den Aufenthaltsort meines Verdächtigen geführt. Ich musste nur meine Fellbabys zu Hause absetzen, dann war Troy Barnes in meinem Visier.

Ben war noch nicht von Gianna zurückgekehrt, als ich Bandit und Thor zu Hause absetzte. Thor war sofort nach oben getrottet, um den Stress des Pflegebesuchs auszuschlafen, während Bandit ihm fröhlich hinterherlief, ohne irgendwelche Nachwirkungen zu zeigen. Der größte Teil ihres Körpers war rasiert, außer den Pfoten, dem Kopf, dem Schwanz und der Stelle auf ihrem Rücken. Michelle hatte darum herum rasiert und eine niedliche Pfotenspur geschaffen. Bezaubernd. Ich machte mir eine gedankliche Notiz, mich persönlich bei Michelle zu bedanken, wenn ich sie antreffen würde. Was hoffentlich jetzt der Fall war.

Ich sprang zurück in meinen Honda CR-V und fuhr zur Henderson Road, wobei mir verspätet klar wurde, dass ich mir etwas Zeit hätte nehmen sollen, um Michelles tatsächliche Adresse herauszufinden, denn alles, was ich hatte, war eine rote Scheune. Es stellte sich heraus, dass ich mir keine Sorgen hätte machen müssen, denn als ich mich der einzigen roten Scheune näherte, die ich an der Henderson Road sehen konnte, entdeckte ich einen Wohnwagen daneben mit einem verblassten roten Pickup und einer grauen Limousine davor.

„Bingo." In der Tür des Wohnwagens stand eine Frau, die wie Shirley Tiermotiv-Arbeitskleidung trug. Das musste Michelle sein. Und sie war stinksauer, warf einen Haufen Kleidung aus der Tür, der nun überall auf dem Boden verteilt war.

„Schatz, komm schon!" Der Mann, der draußen stand und das Chaos beobachtete, schüttelte den Kopf und begann, die Kleidungsstücke aufzusammeln und in die Fahrerkabine seines Pickups zu werfen.

Ich parkte neben der Limousine, was Michelles Aufmerksamkeit erregte. Sie war hübsch, auf eine müde, abgekämpfte Art. Ihr blondes Haar war gefärbt: die groben Strähnen und die fünf

Zentimeter dunklen Ansätze verrieten sie. Und ihr Gesicht war eingefallen, als hätte sie seit... einer Ewigkeit keine anständige Mahlzeit mehr gegessen.

„Wer ist sie?", kreischte Michelle, nicht zu mir, sondern zu dem, der Troy Barnes sein musste, denn jetzt, wo ich näher war, konnte ich die Narbe über einem Auge sehen. Sein Haar reichte bis zum Kragen und musste gewaschen und gebürstet werden, sein Kiefer war von einem dichten Stoppelbart bedeckt. Seine abgetragene Jeans, die abgenutzten Stiefel und das verblasste T-Shirt passten zu seiner Erscheinung – müde, genau wie Michelle. Vielleicht waren sie deshalb zueinander hingezogen, zwei verwandte Seelen, vom Pech verfolgt.

„Woher zum Teufel soll ich das wissen?", schrie Troy zurück und schnappte sich ein Buch, das sie nach ihm geworfen hatte und seinen Kopf knapp verfehlte.

„Ist sie diejenige, mit der du letzte Nacht zusammen warst?" Tränen liefen über Michelles Gesicht und nahmen ihre Wimperntusche mit, hinterließen schwarze Flecken unter ihren Augen. „Sie ist es, oder?" Das Geschrei wurde schlimmer, und mir wurde klar, dass ich mitten in einen Beziehungsstreit geraten war.

„Hören Sie, Lady, ich weiß nicht, wer Sie sind

oder was Sie wollen, aber jetzt ist kein guter Zeitpunkt", sagte Troy zu mir, sammelte seine Sachen auf und warf sie in seinen Truck.

„Troy Barnes?"

Er hielt inne, die Augen verengt. „Wer will das wissen?"

- „Audrey Fitzgerald, Privatdetektivin." Ich hielt eine Visitenkarte hin, die er ignorierte.

„Wie gesagt, jetzt ist kein guter Zeitpunkt."

Die Wohnwagentür knallte zu, und wir schauten beide hin. Offenbar hatte Michelle Troy rausgeschmissen, und nun lag sein gesamter weltlicher Besitz, so wie er war, auf dem Boden. Ich begann, ihm beim Aufsammeln und Verstauen im Pickup zu helfen, und tat mir irgendwie leid für den Kerl. Er hatte wirklich Pech gehabt. War das genug, um ihn zum Mörder zu machen?

„Wo waren Sie gestern Abend, sagen wir zwischen sechs und neun?"

- „Warum wollen Sie das wissen?"

- „Gianna Tate wurde letzte Nacht getötet."

Er erstarrte für einen Moment, bevor er sich aufrichtete und seine Hände in die vorderen Taschen seiner Jeans schob. „Ich habe sie nicht getötet, okay?"

- „Nein? Aber Sie wollten es. Zeugen haben Sie

im Bay gehört, wie Sie gedroht haben, sie umzubringen."

- „Ich bin dorthin gegangen, um mein Leben zurückzubekommen", sagte Troy und verlagerte sein Gewicht von einem Fuß auf den anderen. „Wissen Sie, wie es ist, alles zu verlieren? Den Respekt Ihrer Freunde? Familie?"

- „Nicht wirklich. Möchten Sie es mir erzählen?"

- „Ich war in Reha. Anti-Aggressionstraining. Als ich zurückkam, musste ich drei Jobs arbeiten, um die Anwälte zurückzuzahlen. Endlich hatte ich alles im Griff. Bin im Bay vorbeigegangen und habe das glänzende blonde Haar dieser Frau gesehen, diese auffälligen Ringe, die Designerklamotten."

- „Und dann ist Ihnen die Hutschnur geplatzt?"

Er nickte und senkte den Kopf. „Ich hatte seit Monaten keinen Tropfen Alkohol getrunken, und ausgerechnet als ich es einmal tue, ist *sie* da. Also habe ich einen Drink genommen, um meine Nerven zu beruhigen. Dann bin ich betrunken geworden. Wir haben Worte gewechselt, und wenn Sie die ehrliche Wahrheit wissen wollen, ich erinnere mich nicht mehr genau daran, was gesagt wurde."

- „Und was ist dann passiert? Sind Sie ihr nach Hause gefolgt?"

- „Ich bin in meinem Truck bewusstlos geworden.“

- „Tolles Alibi, Troy. Kann das jemand bestätigen?“

Er schnaubte. „Natürlich nicht.“ Nachdem er seine Sachen eingesammelt hatte, gab er mir einen spöttischen Salut, stieg in seinen Truck und ließ den Motor aufheulen. Der Schmutz flog nur so durch die Luft, als er aus der Einfahrt brauste. Ich tat es ihm gleich, nur ohne den herumfliegenden Schmutz, und beschloss, dass jetzt nicht der beste Zeitpunkt war, um Michelle für ihre Pflegekünste zu danken. Irgendwie hatte ich das Gefühl, dass sie mein Lob nicht zu schätzen wissen würde.

„Ist sie hier?“, fragte Seb, der auf einem Barhocker in meiner Küche saß und ein Glas Rotwein in der Hand hielt.

Ich schüttelte den Kopf. „Nein. Ich glaube, sie ist an ihrem Lieblingsort – in ihrem Büro – diese Frau liebt es zu arbeiten.“

Ich goss mir ein Glas Wein ein und stieß mit Sebs Glas an. „Prost.“

- „Komm schon, erzähl mir alles darüber. Wer sind deine Verdächtigen?“

Ich grinste über seinen Enthusiasmus und setzte mich auf einen Hocker neben ihn. Er erinnerte mich an mich selbst, was wahrscheinlich der Grund war, warum ich ihn so mochte.

„Also, da ist ihr Personal Trainer und Kindheitsfreund, Harry Watts. Anscheinend wollte Gianna einen Kredit mitunterzeichnen, damit Harry sein eigenes Fitnessstudio eröffnen kann.“

- „Wollte? Hat sie ihre Meinung geändert?“

Ich zuckte mit den Schultern. „Nicht ihre Meinung geändert. Eher die Unterzeichnung verzögert. Sie meinte, er würde die Dinge überstürzen, hätte keinen richtigen Geschäftsplan und würde sich die Zahlen einfach aus den Fingern saugen.“

- „Ich denke, als Anwältin würde sie das wissen.“ Seb nahm noch einen Schluck Wein und schwenkte die rote Flüssigkeit in seinem Glas. Der Tag war wie im Flug vergangen, und jetzt versank die Sonne am Horizont und schickte orange und violette Strahlen über den Himmel.

„Genau. Und sie ist nicht nur auf Familienrecht spezialisiert, sondern auch auf Wirtschaftsrecht. Also ja, sie würde das definitiv wissen. Es überrascht mich, dass Harry dachte, sie würde nicht bemerken, wenn er Abkürzungen nimmt."

- „Warum die Eile?"

Jetzt war ich dran mit Schulterzucken. „Aufregung, vermute ich? Ich weiß nicht. Ich muss mehr über Harry herausfinden. Er sagte, sie sind zusammen aufgewachsen, und sie hat das bestätigt. Steckt er hinter der Erpressung? Wurde er wütend, weil sie die Unterzeichnung der Kreditpapiere verzögerte, und beschloss, stattdessen Geld aus ihr herauszupressen?"

Seb stutzte. „Moment mal!" Er wedelte mit einem Finger vor mir. „Erpressung?"

- „Oh ja, habe ich das nicht erwähnt? Gianna war kurz davor, mich anzuheuern, um herauszufinden, wer versuchte, sie zu erpressen. Sie hat eine E-Mail bekommen, in der stand, dass jemand freizügige Fotos aus ihrer Jugend hätte."

- „Wie viel wollten sie?"

- „Hunderttausend."

Seb pfiff durch die Zähne. „Ganz schön dreist."

Ich seufzte. „Ich glaube einfach nicht, dass unser Erpresser auch unser Mörder ist. Das ergibt keinen Sinn. Es gab nur eine E-Mail mit der Geldforderung, aber keine Anweisung, wie das Geld übergeben werden soll, oder eine Frist. Das sagt mir, dass bald eine zweite E-Mail kommen wird. Wenn der Erpresser Bargeld haben wollte, wäre es nicht in seinem Interesse, die Person zu ermorden, die er zu erpressen versucht."

- „Hmmm. Da hast du Recht. Legen wir das beiseite. Wir kommen später darauf zurück."

- „Okay, Sherlock", neckte ich ihn. „Als Nächstes haben wir Troy Barnes. Gianna hat letztes Jahr seine Frau bei ihrer Scheidung vertreten."

- „Ich nehme an, sie hat gewonnen?"

- „Natürlich. Hat Troy komplett fertig gemacht. Er ging pleite."

- „Oooh, ein Motiv!"

- „Genau. *Und* er wurde am Samstagnachmittag im Bay gesehen, wie er mit ihr stritt."

- „Oh, er ist unser Mann. Auf jeden Fall."

- „Das könnte durchaus sein, aber zuerst brauchen wir Beweise. Nur weil er ein Motiv und eine Gelegenheit hatte, heißt das nicht, dass er es tatsächlich getan hat."

- „Hör an, ganz die Nancy Drew." Seb stieß mich an, und ich wackelte, wobei ich meinen Wein verschüttete.

Leise schnalzend griff Seb nach einigen Papiertüchern und wischte auf. „Hoffentlich servierst du keinen Rotwein bei deiner Hochzeit, Mädel."

Ich prustete los. „Darüber habe ich noch gar nicht nachgedacht."

Seb sah mich an, mit perfekt runden Augen in seinem gutaussehenden Gesicht, und stemmte eine Hüfte zur Seite. Er war wirklich modelhaft gutaussehend. Wie er noch single sein konnte, war mir ein Rätsel. Er wäre ein unglaublicher Fang für irgendeinen glücklichen Kerl.

Er senkte seine Stimme und sagte: „Sag mir, dass du mit der Planung angefangen hast."

Ich zuckte mit einer Schulter und führte mein Glas an die Lippen, um noch einen Schluck Wein zu nehmen.

Seb steigerte seine Theatralik auf tausend, legte eine Hand auf seine Brust und verkündete: „Audrey Fitzgerald, muss ich eine Intervention starten? Wo stehst du? Ist ein Veranstaltungsort gebucht? Kleid? Haare und Make-up? Kuchen?" Er zählte an seinen Fingern ab.

„Nichts davon", gab ich zu. „Wir haben gerade erst das Datum festgelegt."

- „Kirche oder..."

- „Oder", erklärte ich vehement. „Galloway

stimmt da mit mir überein. Wir werden nicht in einer Kirche heiraten."

- „Das sind wunderbare Nachrichten, Mädchen." Seb flatterte mit seinen unmöglich dichten und dunklen Wimpern. „Denn du schaust gerade auf einen echten Trauredner! Ich wäre geehrt, eure Trauung zu leiten."

Mir klappte der Kiefer runter. „Wirklich? Ich wusste nicht, dass du ein Trauredner bist! Das wäre fantastisch." Ich konnte bereits sehen, wie Amanda einen absoluten Anfall bekommen würde.

„Oh, das bin ich schon seit Ewigkeiten." Seb beendete das Aufwischen meines verschütteten Weins und nahm wieder Platz. „Hauptsächlich gleichgeschlechtliche Ehen, aber für dich mache ich eine Ausnahme."

- „Ich fühle mich geehrt."

„Papa! Papa! Papa!" Bandit kam die Treppe heruntergestürmt und rannte zur Haustür. Thor folgte in einem gemächlicheren Tempo.

„Was ist mit denen los?", fragte Seb.

„Galloway ist zu Hause." Ich lächelte, rutschte von meinem Hocker und ging, um ihn zu begrüßen.

Ich fand ihn im Eingangsbereich, überfallen von zwei pelzigen Kreaturen. Er gurrte über Bandits trendigen Haarschnitt, und sie sonnte sich in der

Aufmerksamkeit. Ich wartete, nippte an meinem Wein und schwärmte darüber, wie glücklich ich war, einen Mann wie Kade Galloway in meinem Leben zu haben. Geduldig. Stark. Sexy. Witzig. Habe ich geduldig erwähnt?

„Hey, Schatz." Fertig mit den Tieren, kam er mit zwei langen Schritten zu mir, legte einen Arm um meine Taille und zog mich an sich, küsste mich lange und fest. Mein Herz stolperte in meiner Brust und begann dann wild zu galoppieren.

„Mmmm", er hob leicht seinen Kopf, sein heißer Atem auf meinem Mund. „Du schmeckst gut."

Ich hielt mein Glas hoch. „Das ist der Wein. Willst du auch einen?"

Er gab mir noch einen schnellen Kuss auf die Lippen und drückte meinen Hintern. „Natürlich." Er folgte mir in die Küche und begrüßte Seb. „Hey, wie geht's?"

- „Fantastisch. Wir haben gerade über eure Hochzeit gesprochen." Seb erinnerte mich an einen Golden Retriever, voller Aufregung, mit wedelndem Schwanz.

„Oh?" Galloway hob eine Augenbraue.

„Seb ist Trauungsbeauftragter und er hat angeboten, uns zu trauen", sagte ich, während ich ein

Weinglas aus dem oberen Schrank nahm und Galloway großzügig einschenkte.

„Audrey hat dir also erzählt, dass wir nicht in einer Kirche heiraten werden?"

Seb nickte. „Das hat sie. Deshalb habe ich es angeboten. Ich nehme an, das ist alles, was ihr organisiert habt? Nichts gebucht?" Man konnte den leicht entsetzten Ton in seiner Stimme nicht überhören, und Galloway sah mich an, wobei ein sexy Grinsen seine Lippen umspielte. Mein Herzschlag beschleunigte sich wieder. Ich würde einen Termin beim Kardiologen brauchen, wenn das so weiterging.

„Es ist noch genug Zeit", sagte Galloway und wiederholte damit genau meine eigene Meinung.

„Offensichtlich warst du noch nie verheiratet", erklärte Seb. „Nicht, dass das etwas Schlechtes wäre. Aber Hochzeiten? Die brauchen Zeit für die Organisation, und Dinge müssen im Voraus gebucht werden. Weeeeit im Voraus."

Meine Augenbrauen zogen sich zusammen. „Er wirft mit Wörtern um sich wie Location, Torte, Kleid, Frisur und Make-up." Ich schmollte und kuschelte mich an Galloways Brust.

„Wie kann er nur." Galloway lachte und streichelte beruhigend meinen Rücken. „Warum stellst du ihn nicht als deinen Hochzeitsplaner ein? Dann musst du dir keine Sorgen mehr machen."

Seb und ich keuchten gleichzeitig. Ich löste mich aus Galloways Armen und schaute zu Seb, der so breit grinste, dass seine weißen Zähne mich praktisch blendeten.

„Du bist eingestellt!", verkündete ich.

„Abgemacht!", stimmte er zu.

Amanda würde mich umbringen.

„Wie läuft deine Ermittlung?", fragte Galloway, nachdem wir mit unseren Gläsern angestoßen hatten, um den Deal zu besiegeln.

Ich stieß einen Seufzer aus. „Es würde helfen, wenn Gianna sich tatsächlich an ihren Mord erinnern könnte."

- „Das wäre Betrug." Galloway zwinkerte. „Die Spur ist wohl so kalt, wie die Leiche."

Ich schnaubte über sein Wortspiel. „Du sagst das nur, weil du selbst in einer nicht weiter weißt." Ich bluffte. Galloway hatte ein ausgezeichnetes Pokerface, unter anderem, also war ich mir nicht wirklich sicher, ob er einen brauchbaren Verdächtigen ausgegraben hatte oder nicht.

„Wollen wir die Wette aufgeben und unsere Ressourcen zusammenlegen?", bot er an und beobachtete mich über den Rand seines Glases, während er einen Schluck nahm. Als die Aromen seine Zunge trafen, zog er das Glas weg und starrte es an. „Das ist wirklich lecker."

- „Danke", sagte Seb. „Dieser kleine Cabernet Sauvignon ist aus meiner Sammlung. Aber leider habe ich Audrey bereits gesagt, dass sie keinen Rotwein bei der Hochzeit trinken darf. Sie würde ihn nur auf ihr Kleid verschütten."

Ich hob eine Hand in einer Stopp-Geste. „Kein Gerede mehr von der Hochzeit. Ehrlich, Mom und Amanda haben mich heute schon wegen meines Kleides genervt – kleine Randbemerkung, Leute, ich heirate nicht in Weiß – und ich bin es einfach leid, darüber zu reden."

- „Mir ist egal, was du trägst. Komm meinetwegen in Jeans und Tanktop. Hauptsache, du kommst überhaupt", sagte Galloway, schlang seine Finger um meine und drückte meine Hand zur Beruhigung.

„Awwwww." Seb schmolz an meiner Seite dahin. „Ihr Zwei seid so süß. Und natürlich trägst du kein Weiß. Nicht mit deinem Teint. Ehrlich, manche Leute haben keinen Schimmer."

„Zurück zu Giannas Mord. Also gibst du auf?" Ich verengte meine Augen zu Schlitzen, während ich Galloway anschaute, der mich angrinste und damit völlig meine Gedankengänge durcheinanderbrachte.

„Tust du das?", schoss er zurück.

„Pft. Natürlich nicht. Ich ermittle noch."

- „Wir auch."

- „Ach, hört auf." Seb wedelte mit einer Hand. „Ihr wisst, dass ihr zusammen besser arbeitet. Ihr seid beide zu stolz – und zu wetteifrig – um das zuzugeben."

- „Er hat recht", sagten wir einstimmig und lachten dann.

„Okay, ich fange an." Galloway wurde ernst und nahm noch einen Schluck Wein, bevor er einen Finger hochhielt. „Erster Verdächtiger. Harry Watts."

Ich nickte. „Jep. Er steht auf meiner Liste. Gianna wollte einen Kredit für ein neues Fitnessstudio mitunterzeichnen, aber sie hat gezögert, weil sie dachte, dass er den Geschäftsplan nur halbherzig erstellt hat."

- „Ich wusste von dem Kredit, aber nicht, warum es die Verzögerung gab." Galloway neigte den Kopf. „Das ist gut zu wissen."

- „Hat er ein Alibi? Er sagte mir, er war bei einem Kunden."

- „Er hat ein Alibi, aber er war nicht bei einem Kunden. Er war in einem Gebäude in der East Street, wo er gerade den Mietvertrag für sein neues Fitnessstudio unterzeichnet hat.“

- „Was? Woher hat er das Geld für den Mietvertrag? Gianna hat die Kreditpapiere noch nicht unterschrieben.“

- „Ausgezeichnete Frage. Aber wir haben Videoaufnahmen von ihm vor dem Gebäude zur Zeit ihres Mordes.“

Das schloss Harry Watts als Giannas Mörder aus. Sie würde froh sein, das zu hören. Es wäre schrecklich zu wissen, dass jemand, den man als Freund betrachtet hatte, einen ermordet hat.

„Ich habe heute Nachmittag mit Troy Barnes gesprochen“, sagte ich. „Er geriet gestern Nachmittag in The Bay in einen Streit mit Gianna. Stellt sich heraus, dass Gianna seine Frau bei ihrer Scheidung vertreten und den Mann völlig fertig gemacht hat. Er hatte auf jeden Fall einen Grund, ihr zu grollen. Und er hat gedroht, sie umzubringen.“

Galloways Ohren spitzten sich. „Hat er ein Alibi?“

- „Kein gutes. Er sagte, er sei betrunken gewesen und in seinem Truck eingeschlafen.“

- „Weißt du, wo der Truck geparkt war? Wir

könnten eventuell Aufnahmen von Verkehrskameras bekommen."

- „Ähm, tut mir leid, daran habe ich nicht gedacht." Verdammt, wenn Ben bei mir gewesen wäre, hätte er mich wahrscheinlich dazu gebracht, genau das zu fragen, aber ich hatte einen Anfängerfehler gemacht.

„Kein Problem. Troy steht auch auf unserer Verdächtigenliste, und wir werden ihn zum Verhör holen. Dann bekommen wir die Informationen von ihm."

- „Ich bin mir nicht sicher, wo er tatsächlich wohnt. Ich habe ihn in Michelles Wohnwagen an der Henderson Road gefunden, und sie warf ihn gerade raus. Ich weiß nicht, ob er bei ihr gewohnt hat oder ob er nur gelegentlich dort übernachtet hat."

- „Michelle?"

- „Sie ist die Tierpflegerin, die für Bandits neuen Look verantwortlich ist. Sie arbeitet im Tierheim – sie haben dort ein eigenes Pflegegeschäft – und ihre Kollegin Shirley tratscht gerne. Sie hat mir erzählt, dass Michelle Männerprobleme hatte."

- „Und das hat dich zu Troy geführt? Beeindruckend."

- „Es war ein Schuss ins Blaue, der sich

ausgezahlt hat." Ich tat sein Lob ab, aber innerlich strahlte ich.

„Klingt für mich nach Fall gelöst", sagte Seb. „Troy ist euer Mann."

- „Vielleicht", sagte Galloway. „Aber wir brauchen Beweise, um das zu untermauern. Er hat definitiv ein Motiv, aber hatte er auch die Gelegenheit? Wenn er betrunken war, wie konnte er dann in Giannas Haus eindringen, ohne dass es jemand bemerkt hat?"

- „Vielleicht war er gar nicht betrunken", schlug Seb vor. „Vielleicht war das alles nur ein Schauspiel, um sich ein Alibi zu verschaffen. Niemand wird den betrunkenen Typen verdächtigen."

- „Oder vielleicht hatte er den Rausch bereits ausgeschlafen. Sie wurde am frühen Abend getötet. Die Auseinandersetzung im Bay war am frühen Nachmittag. Ein kurzes Nickerchen in seinem Truck und dann los, um einen kleinen Mord zu begehen. Shirley erzählte mir, dass Michelle verärgert war, weil Troy in der Nacht zuvor nicht nach Hause gekommen war. Hat er die ganze Nacht in seinem Truck verbracht? Vom frühen Abend bis zum Morgengrauen? Das scheint unwahrscheinlich."

- „Die Zeitlinie passt nicht", stimmte Galloway zu.

„Du hast einen Punkt, was das unbemerkte

Eindringen in Giannas Haus betrifft." Ich dachte über alles nach, was wir wussten. „Wenn es Harry oder Troy war, müssten sie ziemlich heimlich vorgegangen sein."

- „Du hast gesagt, es war eine Vor-Party-Party, richtig?", fragte Seb.

Ich nickte. „Genau."

- „Ich weiß ja nicht, wie es bei dir ist, aber die Partys, auf denen ich war, sind in der Regel ziemlich laut. Wenn alle eine gute Zeit haben, ist es meiner Meinung nach relativ einfach, unbemerkt rein- und wieder rauszuschleichen."

- „Der Ballsaal lag seitlich von der Eingangshalle", räumte ich ein.

„Mit dröhnender Musik und einer blinkenden Discokugel", fügte Galloway hinzu.

„Also, der Mörder... was? Hat es geschafft, reinzukommen und sich dann in Giannas Schlafzimmer zu verstecken? Es konnte doch niemand wissen, dass ihre Kette reißen würde und dass sie nach oben gehen würde."

- „Ist das passiert?", fragte Galloway, und mir wurde klar, dass ich ihm nicht erzählt hatte, woran Gianna sich *noch* erinnern konnte. Ich holte das schnell nach und erzählte ihm von ihrer gerissenen Kette und wie sie nach oben in ihren Ankleideraum gegangen war, um sie in die Schmuckschatulle zu legen.

„Sie kann sich nicht erinnern, jemanden oben gesehen zu haben. Auch nicht an ihre Ermordung."

Galloway schwenkte gedankenverloren den Wein in seinem Glas, in Gedanken versunken. „Was, wenn das nicht vorgeplant war?", sagte er. „Was, wenn Gianna den Mörder überrascht hat, und dieser instinktiv reagierte, indem er sie erstach, damit er entkommen konnte."

„Sie hat sie überrascht? Wobei?" Dann traf es mich. „Jemand ist eingebrochen! Unter dem Deckmantel der Party. Reinschleichen, ihren... was stehlen? Schmuck? Sie erwähnte, dass sie eine Schmuckschatulle in ihrem Ankleideraum hat, und nach den Ringen, Armbändern und Uhren zu urteilen, die sie trägt, würde ich sagen, sie waren ein kleines Vermögen wert." Ich holte tief Luft. „Der Dieb ist also oben und plündert ihre Schmuckschatulle, als Gianna unerwartet auftaucht!"

„Und", warf Seb ein, „man hat wahrscheinlich sein Werkzeug dabei, wenn man Schmuck stiehlt. Etwas, um ein Schloss aufzubrechen, wenn nötig?"

- „Wie einen Schraubenzieher", sagte Galloway. „Sie wurde mit etwas Rundem erstochen."

- „Finde den Schraubenzieher, finde den Mörder. Troy Barnes fuhr einen Pick-up. Was wetten wir, dass er einen Werkzeugkasten auf der Ladefläche hatte?"

- „Hey, da ist ja die ganze Truppe." Ben tauchte plötzlich auf und ich zuckte zusammen.

Seb packte meinen Arm, seine Finger gruben sich fest genug in mein Fleisch, um einen Abdruck zu hinterlassen. Seine Augen huschten durch den Raum. „Die Atmosphäre hat sich gerade verändert", flüsterte er theatralisch. „Jemand ist hier, oder?"

- „Ben ist hier", sagte ich. „Ich schwöre, du musst hellseherisch oder übersinnlich begabt sein oder so was."

„Da ist... ich weiß nicht was, eine Veränderung in der Luft? Ich spüre es irgendwie, wenn er in der Nähe ist", erklärte Seb.

„Ich verstehe die Veränderung in der Luft", sagte ich. „Immer wenn Ben mich berührt, bekomme ich einen kalten Schauer. Vielleicht spürst du das."

- „Faszinierend", sagte Ben gedehnt und ließ sich auf den Hocker neben Seb nieder. „Also, was machen wir alle gerade?"

- „Wir reden über Giannas Mord", erklärte ich ihm.

„Ich dachte, ihr zwei steht im Wettbewerb

miteinander“, sagte Ben und zeigte von mir zu Galloway und wieder zurück.

Ich zuckte mit den Schultern. „Waren wir auch. Jetzt bündeln wir unsere Ressourcen.“

- „Weil ich ihnen gesagt habe, dass sie besser zusammenarbeiten“, mischte sich Seb ein, obwohl er nur meine Seite des Gesprächs gehört hatte. „Ach übrigens, ich werde der Standesbeamte bei ihrer Hochzeit sein. Und Audreys Hochzeitsplaner!“ Irgendetwas sagte mir, dass Seb verzweifelt seine Hände vor Freude zusammenschlagen wollte, aber seine Aufregung zügelte, wahrscheinlich für Galloways Wohl.

Ben hob eine Augenbraue, ähnlich wie Galloway es tut, und ich spürte ein warmes Flattern in meinem Herzen. Meine beiden besten Männer waren sich so ähnlich und doch so verschieden, und ich liebte sie beide innig. Mist, ich wurde in meinem Alter richtig sentimental.

„Ja, nun, ich brauche jemanden, der Mama und Amanda von mir fernhält. Seb hat sich freiwillig gemeldet“, sagte ich zur Verteidigung. „Aber – nochmal – bitte kein weiteres Gerede über die Hochzeit heute Abend. Wir waren beim Brainstorming und haben eine Theorie aufgestellt.“

- „Worüber?“, fragte Ben.

„Über Giannas Mörder. Wir glauben, dass jemand in ihr Haus eingeschlichen ist, wobei die Party als Tarnung diente, mit der Absicht, ihren Schmuck zu stehlen. Nur kam Gianna unerwartet in ihr Schlafzimmer zurück und ertappte den Täter auf frischer Tat."

Ben dachte über meine Worte nach und nickte langsam. „Klingt plausibel."

- „Also müssen wir nur Gianna bitten, ihre Schmucksammlung anzuschauen und uns zu sagen, ob etwas fehlt."

- „Das ist einfach genug zu machen. Sie ist jetzt zu Hause."

Ich kippte den Rest meines Weins hinunter und knallte mein Glas auf die Theke, wobei der Stiel abbrach. „Mist."

- „Gut, dass du ausgetrunken hattest", sagte Seb. „Es wäre gotteslästerlich, diesen Wein zu verschwenden."

- „Hast du dich geschnitten?" Galloway griff nach mir, seine Finger umschlossen mein Handgelenk, um meine Hand zu untersuchen. Ich wollte seine Besorgnis abwehren, aber ich genoss seine Berührung zu sehr.

„Mir geht's gut. Kommt schon, trinkt aus. Wir müssen zu Giannas Haus."

- „Warum die Eile?"

„Sie ist jetzt dort. Ich weiß nicht, wie lange sie bleiben wird, da ihr Lieblingsort anscheinend ihr Büro ist."

Seb rutschte von seinem Hocker und nahm die Weinflasche. „Ihr zwei geht und macht, was ihr tun müsst. Ich nehme die hier mit nach Hause."

- „Danke, dass du vorbeigekommen bist, Seb. Und für alles andere." Ich streckte mich und küsste seine Wange.

„Jederzeit, Schätzchen, ich gehe jetzt und recherchiere alles rund ums Heiraten."

Ich kaute auf meiner Lippe, während ich ihm zusah, wie er praktisch durch die Hintertür hüpfte und zum Tor zwischen unseren Grundstücken ging.

„Ich befürchte, ich habe ein Monster entfesselt", flüsterte ich und drehte mich zu Galloway um, der seinen Wein austrank – ohne das Glas zu zerschmettern.

„Denk daran, du hast die Macht, gegen alle seine Ideen ein Veto einzulegen", sagte er. „Mach dir keine Sorgen, es wird schon gut gehen. Alles, was zählt, sind du und ich. Der Rest ist nur Beiwerk."

- „Wenn ihr beide weiterhin solche Schmachtblicke austauscht, fahre ich nicht mit euch. Ich treffe euch dann bei Gianna", neckte Ben uns und tat so, als würde unsere Zuneigung ihn zum Kotzen bringen.

„Nur zu." Ich winkte ihn weg. „Wir sehen uns dort."

- „Ben?", fragte Galloway und zog mich näher zu sich.

„Ben", stimmte ich zu und schmolz in seine Arme. „Er ist weg. Wir sind allein."

- „Perfekt."

Die Dämmerung tauchte Giannas Haus in orangefarbene Strahlen, die untergehende Sonne warf lange Schatten auf den Rasen und spiegelte sich in den Fenstern. Gestern Abend war das Haus hell erleuchtet gewesen wie ein Weihnachtsbaum, aber jetzt war es dunkel, still. Unheimlich still. Besonders weil ich das leise Summen von Stimmen in der Ferne hören konnte. Stimmen, die sonst niemand hören konnte.

„Was ist los?" Galloway bemerkte mein Zittern und legte einen Arm um meine Schultern. Ich schlang meinen Arm um seine Taille und ging Seite an Seite mit ihm zur Haustür. Absperrband der Polizei war quer über dem Eingang gespannt.

„Nichts. Nur ein Geister-Ding." Ich stand zur

Seite und wartete, während er das Band anhob und die Tür aufschloss. Die Stimmen wurden lauter. Als ich über die Schwelle trat, warf ich einen Blick in den Ballsaal. Er sah genauso aus, wie er am Abend zuvor verlassen worden war – ungewaschene Gläser auf Couchtischen, Girlanden, die von den Gardinenstangen hingen, Luftballons, die an ihren goldenen Bändern Luft verloren.

Galloway verschränkte seine Finger mit meinen und führte mich die Treppe hinauf zu Giannas Schlafzimmer. Es war dunkel im Haus. Die Sonne war in den wenigen Minuten seit unserer Ankunft hinter dem Horizont verschwunden und hatte das Licht mitgenommen. Galloway schaltete das Schlafzimmerlicht ein, und ein Kristallleuchter erstrahlte.

Der gewölbte Eingang zum Ankleidezimmer ragte vor uns auf. Obwohl ich Bens und Giannas Stimmen aus dem Raum hören konnte, zögerte ich, näher zu treten. Ein weiterer Schauer tanzte über meine Haut, gefolgt von einer Gänsehaut.

„Hey." Galloway drehte sich um, nahm mein Gesicht in seine Hände, Besorgnis blitzte in seinen Augen auf. „Was ist los?"

- „Ich weiß nicht", flüsterte ich, während sich ein tiefes Unbehagen in meiner Magengrube ausbreitete. „Dieser Ort? Er jagt mir Schauer über den Rücken."

Er senkte seine Stimme. „Geister? Ist noch jemand hier? Jemand anderes als Gianna?"

Vielleicht war es das. Vielleicht war das Haus von Geistern heimgesucht, und ich spürte Seelen, die längst verstorben waren. Es erinnerte mich an die Gangstergeister aus den Zwanzigerjahren, die mich mit ihrem unheimlichen schwarzen Rauch und ihrer einschüchternden Präsenz durch die ganze Stadt gejagt hatten – und ich muss sagen, ich bin kein Fan davon.

In dem Wissen, dass ich nicht ewig wie angewurzelt in Giannas Schlafzimmer stehen bleiben konnte, ließ ich mich von Galloway über den plüschigen Teppich zum Ankleidezimmer führen und wartete, während er das Licht anknipste, das die Schatten vertrieb.

„Endlich!" Ben tippte auf seine Uhr. „Hat ja lange genug gedauert."

Ich spürte, wie eine Welle der Hitze über mein Gesicht wusch, und warf einen Blick auf Galloway. Seine Haare waren noch immer zerzaust, wo ich meine Finger hindurchgleiten lassen hatte.

„Urgh, erzähl mir nichts. Ich will es nicht wissen."

Ben lachte und sah von mir zu Galloway und wieder zurück.

Gianna musterte uns von oben bis unten und lächelte. „Lass sie in Ruhe. Lass ihnen doch ihr kleines Nachmittagsvergnügen. Weiß der Himmel, wir werden keine Chance mehr dazu bekommen."

Wenn überhaupt, brannten meine Wangen noch mehr, und die Schorfstellen an meiner Stirn begannen zu jucken.

„Audrey?" Galloway war jetzt wirklich besorgt.

„Es ist alles in Ordnung. Die beiden necken mich nur wegen... du weißt schon." Der Verzögerung beim Verlassen meines Hauses. Na und wenn wir uns ein bisschen Zeit für uns genommen hatten? Das war das Problem mit Geistern. Man wusste nie, wann sie auftauchen würden, also mit Ben außer Haus und das Haus für uns allein... nun, sagen wir einfach, wir haben die Gelegenheit genutzt.

Galloways Kopf neigte sich zurück, und ein wissendes Lächeln huschte über sein Gesicht. „Dass wir miteinander geschlafen haben?", neckte er.

„Konzentrieren wir uns doch darauf, warum wir hier sind, ja?" Ich versuchte, eine Augenbraue hochzuziehen, aber wie üblich schossen beide nach oben. Trotz reichlich Übung hatte ich es noch nicht gemeistert, nur eine Augenbraue zu heben.

Ich ging um die Insel in Giannas riesigem Ankleidezimmer herum und öffnete die oberste Schublade. „Ist es hier, wo du deinen Schmuck aufbewahrst?"

- „Nur die Kostümsachen." Gianna gesellte sich zu mir und schaute in die Schublade. „Die echten Sachen bewahre ich in meinem Safe auf."

- „Du hast einen Safe?"

- „Sie hat einen Safe?" fragte Galloway. „Den haben wir nicht gefunden."

- „Das liegt daran, dass er versteckt ist", sagte Gianna. Sie zeigte auf eine Reihe Abendkleider. „Hinter denen."

Ich ging zu den bodenlangen Kleidern hinüber und musste mich ernsthaft zurückhalten, nicht anzuhalten und sie zu bewundern. Da war ein schwarzes, das glitzerte, ein rotes, das glitzerte, ein mitternachtsblaues Samtmodell, das sich göttlich anfühlte, und noch viele mehr. „Er ist hinter diesen Kleidern", sagte ich zu Galloway. Er zog sich Handschuhe an und schob die Kleider zur Seite, wodurch ein gerahmtes Porträt von Gianna an der Wand zum Vorschein kam.

„Oh!" keuchte ich und meine Hand flatterte zu meinem Hals.

Galloway schnaubte. „Das war jetzt unerwartet."

Ich drehte mich zu Gianna. „Du hättest uns warnen können."

Sie grinste selbstgefällig. „Du bist doch wohl keine Prüde, Audrey? Es ist nur ein Aktbild."

Das Porträt zeigte Gianna, wie sie auf einer weißen Decke auf einer Chaiselongue vor einem Kamin ruhte, ohne einen Fetzen Kleidung am Leib. Abgesehen davon, dass sie nackt war, war das Gemälde außergewöhnlich gut gemacht.

Ben, der sich bisher zurückgehalten hatte, schob mich mit einem eisigen Stoß in die Rippen beiseite, um einen Blick darauf zu werfen. Er pfiff. „Nicht übel!" Er grinste Gianna an, die mit den Wimpern klimperte.

„Oder?" schnurrte sie praktisch.

Widerlich. Einfach widerlich.

„Warum versteckst du es hier hinten?" fragte ich und unterbrach ihre Flirterei.

„Weil ich viel Besuch empfange, und das ist nicht für die Augen der Gäste bestimmt. Es ist für mich. Deshalb bewahre ich es hier auf, fern von neugierigen Blicken."

- „Frag sie, ob sich der Safe hinter dem Porträt befindet", sagte Galloway und fuhr mit den Fingern um den Rahmen herum.

„Ja, ist er. Da ist ein Verschluss in der Mitte auf der linken Seite. Drück einfach drauf."

Ich wiederholte die Anweisungen für Galloway, der sofort den Schalter fand. Das Porträt schwang wie eine Tür auf und gab den dahinter liegenden Safe frei.

„Wie lautet die Kombination?"

Ich gab die Information an Galloway weiter, der an der Zahlenscheibe des Safes drehte. Jede Zahl rastete ein, bis die Tür aufsprang. Darin befanden sich ein Bündel Papiere, ein Packen Bargeld und mehrere Schmuckkästchen.

Galloway machte mit seinem Handy ein Foto. „Frag sie, ob etwas zu fehlen scheint. Wurde etwas durcheinandergebracht?"

Gianna stellte sich hinter Galloway und schaute über seine Schulter. „Nein", sagte sie. „Das sieht alles richtig aus."

- „Sie sagt nein." Ich wandte mich an Gianna, als mir ein Gedanke kam. „Du glaubst doch nicht, dass dieses Aktporträt irgendwie mit dem Erpressungsversuch zusammenhängt, oder?"

Sie schaute mich überrascht an. „Weißt du, daran habe ich nie gedacht. Das wurde vor etwa zwanzig Jahren gemacht."

- „Hast du dem Künstler persönlich Modell

gesessen? Oder haben sie Fotos gemacht und danach gearbeitet?" Denn das würde *einiges* erklären. Wenn ein Künstler Aktfotos von Gianna hätte, wären sie vielleicht in die falschen Hände geraten. Oder der Künstler selbst versuchte sich an ein bisschen Erpressung. Vielleicht steckte er in Schwierigkeiten und brauchte einen finanziellen Schub.

„Keine Fotografien, genau aus den Gründen, an die du denkst." Gianna zertrümmerte meine Theorie in Stücke. „Dieses Portrait brauchte drei Sitzungen, und es waren nur ich und Edwardo in seinem Atelier in Paris, Frankreich."

- „Wer weiß noch von dem Portrait?"

- „Meine Haushälterin hat es wahrscheinlich gesehen, wenn sie die Kleider wegräumt, nachdem sie von der Reinigung zurückkommen. Oder jedes Mitglied des Personals, das es sich erlaubt hat, zwischen meinen Kleidern herumzuschnüffeln."

- „Woran denkst du?", fragte Galloway, während er die Schmuckkästchen aus dem Safe nahm und sie auf die Kücheninsel stellte.

„Dass Giannas Mord Vorrang vor dem Erpressungsversuch hat, aber das kann kein Zufall sein. Gianna hat ein *Akt*portrait. Es wäre nicht weit hergeholt, wenn jemand ein Foto davon gemacht hätte."

- „Irgendwelche Hinweise darauf?" Er begann die Schmuckkästchen zu öffnen, sechs insgesamt. Ich keuchte beim Anblick der funkelnden Diamanten im Deckenlicht. Eine Box allein enthielt sechs Diamantringe. Eine andere hatte eine Halskette mit einem herzförmigen Rubin und drei Diamanten, die auf jeder Seite eingebettet waren.

„Wow." Ich pfiff. „Kein Wunder, dass diese im Safe waren. Sie müssen Millionen wert sein."

Gianna nickte. „Mein Anwalt hat alle Unterlagen zu ihrem Wert."

- „Fehlt etwas?", fragte Galloway, und Gianna schüttelte den Kopf.

„Sie sagt nein."

Galloway machte Fotos und begann dann, alles wieder in den Safe zu legen. „Audrey? Der Erpressungsfall?", erinnerte er mich.

„Oh, richtig, sorry. Ich wurde von dem Glitzer abgelenkt. Also, wir haben die E-Mail-IP zur Bibliothek zurückverfolgt. Die Bibliothek ist sonntags geschlossen, also werde ich morgen vorbeischauen und sehen, ob sich jemand erinnert, wer am Donnerstagmittag die öffentlichen Computer benutzt hat, als die E-Mail gesendet wurde."

- „Gute Arbeit."

- „Ich weiß." Ich nahm die letzte Schmuckschatulle und reichte sie Galloway, doch sie rutschte mir aus den Fingern und fiel zu Boden, prallte zweimal auf, bevor der Deckel aufsprang. Die darin enthaltenen Armbänder fielen auf den Teppich.

„Entschuldigung, entschuldigung." Ich ließ mich auf Hände und Knie fallen und hob vorsichtig die mit Diamanten besetzten Armbänder auf, in der Angst, eines zu zerbrechen. Mir war auch bewusst, dass ich neben dem befleckten Teppich kniete, wo Gianna gestorben war.

Gianna hatte keine Skrupel, auf die getrocknete Blutlache zu treten und zu zeigen. „Das eine ist weggerollt."

Ich holte das verirrte Armband und legte es in die Schachtel, wollte es gerade Galloway reichen, als mir etwas ins Auge fiel. „Was ist das?"

- „Was ist was?", sagten Gianna und Galloway gleichzeitig.

„Da." Ich zeigte auf einen schwarzen Fleck an der unteren Ecke der Kücheninsel. „Dieses schwarze Zeug. Was ist das?"

Galloway nahm mir die Armband-Schachtel ab und verstaute sie im Safe, schloss die Tür und rückte das Porträt wieder zurecht, bevor er sich neben mich hockte, um es anzusehen.

„Öl, vielleicht?"

„Wie kann Öl in meinem Ankleidezimmer sein?" Gianna stand über uns. „Meine Haushälterin reinigt alles gründlich, einschließlich dieser Arbeitsplatte. Sie weiß, dass es hier makellos sein muss. Diese Kleidungsstücke sind Haute Couture. Ich kann nicht riskieren, dass meine Dior-Hosen dagegen stoßen und Flecken bekommen."

- „Sie sagt, ihre Haushälterin reinigt hier sehr gründlich."

- „Wartet hier. Ich hole ein Probenset aus dem Wagen."

- „Sieht so aus, als hätten die Bullen es übersehen." Ben verschränkte die Arme vor der Brust und wippte auf seinen Fersen.

„Wir hätten es auch übersehen, wenn ich nicht hier auf allen vieren gewesen wäre", wies ich darauf hin. „Es verschmilzt praktisch mit der Marmorarbeitsplatte." Die Arbeitsplatte lief an beiden Enden der Kücheninsel in einem Wasserfall-Design herunter, dunkle Wirbel verbargen den Fleck effektiv. Denn das war alles, was es war, ein kleiner, dunkler Fleck. Hatte der Mörder die Bank festgehalten, um das Gleichgewicht zu halten, nachdem er Gianna erstochen hatte? Dort gehockt, wo ich kniete, sich an der Bank festgehalten und den Schraubenzieher herausgezogen.

„Was denkst du, Fitz?" fragte Ben und beobachtete mich aufmerksam.

„Ich denke, wir müssen Troy Barnes' Hände auf Ölspuren untersuchen. Er arbeitet an Autos."

- „Troy Barnes?" warf Gianna ein. „Der ist kein Mechaniker."

- „Sag mir, was du über ihn weißt." Ich stand auf, meine Knie protestierten nach zu langer Zeit auf dem Boden.

„Ich habe seine Frau, Elissa, bei ihrer Scheidung vertreten. Aber, versteh mich nicht falsch, sie war auch nicht besser."

- „Was meinst du damit?"

- „Nur, dass sie das Glück hatte, mich zuerst zu engagieren; sonst wäre der Spieß umgedreht gewesen. Sie hatten einen Ehevertrag. Wenn einer von ihnen beim Fremdgehen erwischt wurde, konnte er alles in der anschließenden Scheidung vergessen."

- „Troy hat betrogen?"

„Mit irgendeiner Tierpflegerin. Michelle York. Ich glaube, er hat sie auch nach der Scheidung weiter gesehen, zumindest habe ich das gehört."

- „Was meinst du damit, dass der Spieß umgedreht wäre?" fragte Ben.

„Oh, Elissa hatte auch eine Affäre. Nur war Troy derjenige, der unvorsichtig genug war, sich erwischen zu lassen. Oder sich zuerst erwischen zu lassen. Ich glaube, *das* ist es, was seinen Zorn schürt." Gianna sah von Ben zu mir. „Ich bin gut in dem, was ich tue, Audrey. Ich habe diese Information komplett vor dem Gericht verborgen. Es kam erst ans Licht, als die Scheidung rechtskräftig war. Und natürlich ist Troy kein Dummkopf. Er wusste, dass er von Elissa ausgetrickst worden war, und es gab nichts, was er dagegen tun konnte."

- „Außer dich zu töten."

- „Ja, er war wütend auf mich, weil ich seine Frau verteidigt habe, aber er war *rasend* auf sie. Wenn er jemanden töten wollte, dann wäre es Elissa."

Gutes Argument. Es war kaum Giannas Schuld, dass sie gut in ihrem Job war. Wäre Troys Anwalt nur halb so gut wie Gianna gewesen, hätte er Elissas Untreue entdeckt, und das Ergebnis hätte ganz anders ausfallen können. Ich wandte mich an Ben. „Galloway wird die Verkehrskameras überprüfen, um Troys Alibi zu bestätigen. Er sagte, er sei betrunken in seinem Truck ohnmächtig geworden.

Das bedeutet, sein Truck muss irgendwo in der Nähe vom Bay geparkt gewesen sein."

- „Lass mich raten - du willst, dass ich *mein Ding mache*?" Er wackelte mit einem teuflischen Grinsen mit den Fingern in der Luft.

„Bitte."

- „Zu deinen Diensten."

Ich wünschte, ich könnte sagen, er wäre in einer Rauchwolke verschwunden, denn das wäre cool gewesen, aber nein, er verschwand einfach. Nicht einmal ein Plopp.

Nachdem Galloway den Ölfleck abgestrichen hatte, machten wir das Licht aus und schlossen das Haus ab. Gianna hatte erklärt, sie *gehe jetzt schlafen.* Sie hatte noch immer nicht ganz begriffen, wie diese Geistersache funktionierte, aber wenn es ihr Trost gab, die Gewohnheiten der Lebenden beizubehalten, wer war ich, ihre Illusion zu zerstören?

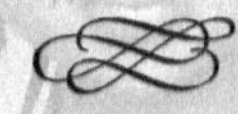

KAPITEL 13

Ich nahm noch einen riesigen Bissen von der Pizza und wedelte mit dem pinken Marker, den ich in der Hand hielt, in Richtung der Tafel in meinem Büro. „Ich glaube immer noch, dass Harry Watts dahintersteckt", murmelte ich durch den geschmolzenen Käse in meinem Mund.

Galloway, der in meinem Bürostuhl lümmelte, kaute an seiner Pizza und legte den Kopf schräg. „Er hat ein Alibi. Ein wasserdichtes. Er hat Gianna Tate nicht getötet."

Ich klopfte mit dem Marker auf Harrys Namen und hinterließ dabei rosa Punkte. „Wie konnte er einen Mietvertrag unterschreiben, wenn er das Geld nicht hatte? Dieses Geld muss doch von irgendwoher gekommen sein!" Ich holte tief Luft und zog dabei eine Pizzakrume mit ein, die in meiner Luftröhre steckenblieb. Hustend und prustend strömten mir die Tränen aus den Augen. Vornübergebeugt bewunderte ich die anthrazitgrauen Farbtöne des Teppichs, während mein Hals krampfte, und mir kam der Gedanke, wie uncool es wäre, von einer Pizzakrume dahingerafft zu werden.

Galloway klopfte mir mehrmals auf den Rücken, bis ich mich aufrichtete und ihn durch verschwommene Augen anschaute. „Mir geht's gut", keuchte ich und griff nach meinem Bier. „Was, wenn Watts der Erpresser ist?" Meine Stimme klang, als hätte ich rostige Nägel gekaut, und ich nahm noch einen Schluck, um meinen malträtierten Hals zu beruhigen.

„Aber Gianna hat nicht bezahlt, und der Erpresser hat keine weiteren Anweisungen für eine Geldübergabe geschickt."

- „Glaubst du, sie haben kalte Füße bekommen?", fragte ich nachdenklich und kaute auf dem Ende des Markers. „Sie schicken diese E-Mail raus. Vielleicht ist etwas passiert, was sie dazu gebracht hat, und sie sind total aufgebracht. Wütend. Aber später, als sie sich etwas beruhigt haben, wird ihnen klar, was für eine

Scheißaktion das war, und sie geben den Plan auf."

- „Was zu Harry Watts' Geschichte passt. Er war sauer, dass Gianna gezögert hat, die Kreditunterlagen zu unterschreiben."

- „Ja, aber das war am Samstag. Die E-Mail wurde am Donnerstag verschickt."

- „Vielleicht hat die Bank ihm die Nachricht schon am Donnerstag überbracht? Er wurde wütend und hat eine E-Mail rausgehauen. Aber dann hat er sich beruhigt, weil er wusste, dass er am Samstag mit Gianna zu Mittag isst. Er dachte sich, er würde es dann mit ihr klären."

Ich klopfte wieder auf die Tafel. „Aber in der Zwischenzeit unterschreibt er einen Mietvertrag?" Ich drehte mich um und schrieb neben seinen Namen 'Finanzen überprüfen.'

„Wie auch immer, er ist nicht unser Mörder."

- „Was uns zu Troy Barnes bringt."

- „Motiv und Gelegenheit." Galloway hielt mir die Pizzaschachtel hin, und ich nahm mir noch ein Stück, wobei Sauce auf mein Hemd tropfte.

„Bei der Gelegenheit bin ich mir nicht so sicher. Er sagt, er war betrunken und hat es in seinem Truck ausgeschlafen. Die Aufnahmen aus dem Bay zeigen definitiv, dass er unter Alkoholeinfluss stand.

Er war eindeutig wütend auf Gianna, hat gedroht, sie umzubringen, was ziemlich belastend ist. Aber wie sollte ein betrunkener Mann unbemerkt auf eine Party schleichen können?" Ich rieb an dem Fleck und verschmierte ihn dabei.

„Die Party war laut, und alle waren im Ballsaal. Niemand hat die Eingangstür im Auge behalten. Außerdem hat Troy einen Werkzeugkasten in seinem Truck. Wenn ich ihn durchsuchen würde, wette ich, dass ich Schraubenzieher finden würde."

- „Kaum ein Verbrechen. Glaubst du, er wäre so dumm, sein Opfer mit einem Schraubenzieher zu erstechen und ihn dann wieder in seinen Werkzeugkasten zu legen?" Ich war nicht überzeugt.

Galloway offenbar auch nicht, nach seinem Kopfschütteln zu urteilen. „Nee. Ich würde ihn entsorgen."

- „Was ist mit dem Öl, das wir in Giannas Garderobe gefunden haben? Gianna sagte, dass Troy kein Mechaniker ist. Du hast gesagt, er arbeitet mit Autos, aber er arbeitet nicht *an* ihnen. Er verkauft sie. Was war sein vorheriger Beruf? Bevor sein Leben den Bach runterging?"

Galloway holte sein Handy heraus und begann zu tippen, zu wischen und zu scrollen. „Er war ein Anlageberater", sagte er schließlich.

Wow. Damit hatte ich nicht gerechnet. Troy Barnes war definitiv ganz unten angekommen. Von seinem ungepflegten Aussehen bis hin zu seiner Wohnsituation hätte ich nie vermutet, dass er in seinem früheren Leben ein waschechter, anzugtragender Manager gewesen war.

„Seine Scheidung hat ihn ruiniert. Und Kunden verlieren schnell das Vertrauen in einen Berater ohne Geld."

- „Er hat Motive wie Sand am Meer." Aber es nagte an mir. Er war unser Hauptverdächtiger, doch ich war nicht überzeugt. Wenn Troy unser Mann war, wie kam er unbemerkt in Giannas Haus hinein und wieder hinaus? Er war betrunken, was bedeutet, dass er wahrscheinlich herumgestolpert wäre, gegen Dinge geprallt wäre, laut geflucht hätte. Jemand hätte etwas sehen oder hören müssen. Die Tatsache, dass das nicht passiert war, ließ mich Troys Namen immer wieder auf der Tafel umkreisen.

„Nicht überzeugt?" Galloway machte mich darauf aufmerksam, dass ich auf der Tafel herumkritzelte.

Ich versteckte schnell meine Hände hinter meinem Rücken. „Es passt ziemlich gut", gab ich zu. „Aber wir haben keine Beweise."

„Wen haben wir sonst noch?"

Ich kaute auf meiner Wangeninnenseite und schrieb einen weiteren Namen an die Tafel, auf den ich tippte. „Chris Haiden. Anwalt. Er drängte darauf, in Giannas Abteilung versetzt zu werden. Familienrecht. Aber sie hatten keine freien Stellen, also sagten sie ihm ständig nein."

- „Nicht gerade ein starkes Motiv."

Ich seufzte niedergeschlagen. „Ich weiß." Es war schwach. Ich meine, würdest du wirklich deinen Chef wegen so etwas Banalem töten? Aber das bedeutete nicht, dass ich ihn als Erpressungsverdächtigen ausschließen würde. Ich unterstrich seinen Namen und schrieb ‚Erpresser?' Es war dünn, und ich hatte das Gefühl, nach Strohhalmen zu greifen, aber Gianna selbst hatte meine Aufmerksamkeit auf ihn gelenkt. „Du hast recht. Ich glaube nicht, dass er unser Mörder ist. Was uns wieder zu diesen beiden zurückbringt."

- „Einem. Ich habe dir gesagt. Harry Watts hat ein wasserdichtes Alibi. Er ist auf der Kamera seines neuen Fitnessstudios zu sehen, als Gianna getötet wurde."

Was bedeutete, dass Troy Barnes Gianna Tate getötet haben musste. Wir hatten keine anderen Optionen.

„Wir sollten diese ganze Erpressungssache

genauer untersuchen. Das muss der Schlüssel sein", sagte Galloway und unterbrach meine Gedanken. Er trank sein Bier aus und zog mich auf seinen Schoß. „Es ist möglich, dass der Erpresser *auch* der Mörder ist. Angenommen, Gianna drehte den Spieß um und sagte dem Erpresser, dass sie zur Polizei gehen würde. Er geriet in Panik und tötete sie, um sie zum Schweigen zu bringen."

Ich schlang meine Arme um seinen Hals und lächelte. „Das ist eine Theorie, hinter der ich stehen kann." Ich fuhr mit meinen Fingern durch sein Haar und dachte über den Fall nach. Soweit ich wusste, hatte Gianna nicht auf die Erpressungsdrohung reagiert, aber was, wenn sie es doch getan hatte? Sie hatte *gesagt*, dass sie mich engagieren wollte, aber die E-Mail kam am Donnerstag. Sie wurde am frühen Samstagabend getötet. Genug Zeit, um mich anzurufen, aber ich hatte nichts von ihr gehört, bis sie als Geist auftauchte. „Sie hat nicht erwähnt, dass sie auf die Drohung reagiert hat."

- „Gelogen durch Auslassung?" Galloway ließ eine warme Hand meinen Rücken hochgleiten.

„Das ist das Problem mit Lügnern." Ich beugte mich hinunter und küsste ihn. „Sie lügen."

„*D*u hast mir nicht gesagt, dass du einen Durchsuchungsbefehl bekommen hast." Ich war mir nicht sicher, ob ich verärgert oder beeindruckt sein sollte, dass Galloway es geschafft hatte, dieses kleine Detail bis jetzt vor mir geheim zu halten. Er hatte mich mit einem Kuss und einer dampfenden Tasse Kaffee geweckt und mir gesagt, ich solle meinen Hintern aus dem Bett bewegen, weil er einen Durchsuchungsbefehl für Giannas Büro hätte. Wenn ich mit ihm kommen wollte, sollte ich mich besser beeilen.

Ich hatte mich beeilt. Ich war so schnell aus dem Bett geschossen, dass sich mein Fuß in den Laken verfangen hatte, und ich war in einem unwürdigen Haufen auf dem Boden gelandet, während Bandit herbeieilte, um sich auf meine Brust zu setzen und nach meinem Wohlbefinden zu schauen und Thor auf der Fensterbank saß und verächtlich dreinblickte. Galloway hatte mich hochgezogen und sichergestellt, dass ich fest auf den Beinen stand, bevor er seinen Griff löste und wiederholte, ich solle mich beeilen.

So kam es, dass ich neben ihm vor Beasley, Tate und Associates stand und einen verwaschenen blauen Chuck und einen gelben trug. Ich hatte eine

Jeans angezogen, die ich auf dem Boden gefunden hatte, und ein sauberes T-Shirt. Im Moment war ich ziemlich sicher, dass sich ein vergessener Slip in meinem rechten Hosenbein zusammengeknüllt hatte und langsam nach unten rutschte.

„Fertig?", fragte Galloway, während sein Blick über mich glitt.

„So bereit wie nie zuvor." Ich hoffte nur, Amanda würde nicht auf meine Füße schauen. Oder dass der Slip nicht in einem ungünstigen Moment aus meinem Hosenbein fallen würde.

„Du siehst wunderschön aus." Galloway las meine Gedanken. „Trotz der nicht passenden Schuhe."

- „Ich wusste, es gibt einen Grund, warum ich dich mag." Ich nahm seine Hand und drückte sie. Ich war die Komplimente nicht gewohnt, aber das hieß nicht, dass ich sie nicht genoss, und Galloway hatte es sich anscheinend zur Aufgabe gemacht, mir oft Komplimente zu machen.

Galloway hob unsere verschränkten Hände zu seinem Mund, drückte einen Kuss auf meinen Handrücken, bevor er sie losließ und die Tür aufstieß. Ich folgte ihm, nicht zu dicht, da ich einen To-go-Kaffee trug, und wenn ich nicht bemerken würde, dass er stehen geblieben war und ich in ihn hineinlaufen würde? Nun, diesen Kaffee zu verschütten wäre Gotteslästerung.

„Detective Kade Galloway." Seine Stimme nahm diesen autoritären Klang an, den ich so mochte, und ich versuchte, mein Gesicht zu beherrschen, um meine Freude nicht zu verraten. „Ich habe einen Durchsuchungsbefehl für Gianna Tates Büro."

Ich trat zur Seite, damit ich sehen konnte. Carolyn Wells saß hinter dem Schreibtisch, ihr Haar zu einem eleganten Dutt hochgesteckt. Ihr Make-up war dezent, abgesehen vom roten Lippenstift, der perfekt zu ihrem Teint passte. Ich berührte meinen Mund und fragte mich, ob ich so einen Farbton tragen könnte. Sie trug eine weiße Bluse mit einem schwarzen Blazer. Der Empfangstresen verbarg ihre untere Hälfte, aber ich stellte mir vor, dass sie einen passenden Rock und Absätze trug. Schick, elegant, professionell. Alles Dinge, die ich nicht bin. Trotzdem hatte ich einen Grande Butter-Pecan Extra-Shot-Latte und sie nicht, also hatte ich immerhin das.

„Einen Moment", sagte sie.

Galloway sah mich an, und ich zuckte mit den Schultern.

„Entschuldige die Störung, Felix, aber die Polizei ist hier mit einem Durchsuchungsbefehl", sagte sie ins Telefon, ihre sanfte Stimme seltsam beruhigend. Ich konnte verstehen, warum Gianna sie am Empfang behalten wollte, denn trotz der Tatsache, dass die Polizei aufgetaucht war, auch noch mit einem Durchsuchungsbefehl, war sie nicht aus der Ruhe zu bringen. Sie war ruhig und vor allem professionell.

Als sie den Hörer auflegte, lächelte sie. „Bitte, nehmen Sie Platz. Felix wird gleich bei Ihnen sein. Kann ich Ihnen etwas anbieten, während Sie warten? Tee? Kaffee?"

- „Wir sind versorgt, danke." Anstatt sich zu setzen, nahm Galloway meinen Ellbogen und führte mich durch die Eingangshalle, um in der Nähe des Fensters zu stehen, den Durchsuchungsbefehl in seiner Hand.

Eine Minute später stürmte ein Mann durch die Tür, die den Empfangsbereich vom Rest des Gebäudes trennte, eine Aura der Autorität in jeder seiner Bewegungen. Sein volles graues Haar war zurückgekämmt, sein ebenso grauer Schnurrbart ordentlich gestutzt und sein grau-weiß gestreifter Anzug perfekt geschneidert, der Schnitt der Jacke half dabei, den Bierbauch darunter zu kaschieren, das rote Taschentuch in der Brusttasche ein

Farbtupfer im Gegensatz zu seinem monochromen Erscheinungsbild.

„Felix Beasley." Er näherte sich mit ausgestreckter Hand. „Bitte, kommen Sie durch."

Galloway nahm den Handschlag an. „Detective Kade Galloway. Das ist Audrey Fitzgerald."

Als Felix sich zu mir umdrehte, schüttelte ich pflichtbewusst seine Hand und machte dann – ich habe keine Ahnung, warum – eine unbeholfene Verbeugung mit Knicks, die mich vor lauter Unbeholfenheit tiefrot erröten ließ.

Felix bemerkte es nicht und wandte seine Aufmerksamkeit wieder Galloway zu. „Ich höre, Sie haben einen Durchsuchungsbeschluss." Es war keine Frage.

„Richtig." Galloway hielt ihn hin, und Felix nahm ihn, ohne ihn anzusehen.

„Kommen Sie durch."

Wir folgten ihm durch die Großraumbüros zu Giannas Penthouse-Büro. Ich behielt Felix' Rücken im Auge und vermied es bewusst, in Richtung von Amandas Schreibtisch zu schauen, wo sie verzweifelt versuchte, meine Aufmerksamkeit zu erregen. Ich hatte bereits drei verpasste Anrufe von ihr, und ich wusste, dass sie entweder Informationen über die Ermittlungen aus mir herauspressen oder mich wegen der Hochzeit belästigen wollte.

Gianna saß hinter ihrem Schreibtisch, diesmal in einem roten Poweranzug, komplett mit passendem Lippenstift, und ich brannte darauf zu wissen, wie sie die Garderobenwechsel hinbekam. Kein Geist, dem ich bisher begegnet war, konnte das. Sie alle blieben in der Kleidung, in der sie gestorben waren.

Sie blickte auf, als wir eintraten. „Oh gut, ihr seid hier. Ich muss heute Vormittag vor Gericht, aber es sollte nicht lange dauern." Sie wandte sich an Felix. „Der Fall Harris. Glasklar, ich erwarte, innerhalb einer Stunde zurück zu sein." Sie stand auf, stopfte einen Haufen Akten in ihre Aktentasche und schloss sie mit einem Klicken. „Bleibt es bei unserem Termin um ein Uhr heute Nachmittag?" Sie warf einen Blick auf die Tag-Heuer-Uhr an ihrem Handgelenk.

Galloway und mich völlig ignorierend, trat sie um den Schreibtisch herum und ging an uns vorbei, klopfte Felix dabei auf die Schulter und schien nicht zu bemerken, dass er ihr nicht geantwortet hatte. „Gut, gut. Ich sehe dich dann." Und sie ging. Vermutlich zum Gericht.

„Alles in Ordnung?", flüsterte Galloway in mein Ohr.

„Was?" Mir wurde klar, dass ich mich umgedreht hatte, um Gianna nachzusehen, und jetzt zur Tür gewandt stand. „Ja, ja, alles gut. Sorry." Ich räusperte mich. „Schönes Büro."

Felix ignorierte uns und öffnete den Durchsuchungsbeschluss, um den Inhalt zu studieren.

„Das sieht in Ordnung aus", sagte er, faltete ihn zusammen und steckte ihn in seine Jackentasche. Galloways Lippen zuckten, aber er kommentierte es nicht. Es spielte keine Rolle, ob Felix den Beschluss billigte oder nicht. Es war ein rechtsgültiges Dokument, das uns Zugang zu Giannas Kundenakten und allem anderen Interessanten in ihrem Büro verschaffte.

„Wir brauchen die Passwörter für ihren Computer", sagte Galloway und bewegte sich hinter Giannas Schreibtisch.

„Ich schicke Jessica rein, ihre Anwaltsgehilfin. Sie kann Sie durch alles führen, was Sie benötigen."

- „Sollte Gianna heute nicht vor Gericht sein?", fragte ich, und Felix warf mir einen Blick zu, seine Augen verengten sich. „Woher wussten Sie das?"

- „Ich bin Privatdetektivin. Es ist mein Job, solche Dinge zu wissen." Oh mein Gott, die kitschigste

Antwort aller Zeiten, aber sie funktionierte. Felix kaufte sie mir völlig ab.

„Jack hat den Fall übernommen. Er wird Giannas Mandanten vertreten."

- „Welcher Fall ist das?", fragte Galloway.

„June Harris gegen Adam Harris."

„Scheidung", ergänzte ich für Galloway. Ich wusste bereits alles über den Fall direkt von Gianna. June Harris kämpfte um das Sorgerecht für den Hund des Paares. Ich hätte gedacht, dass es kaum die Zeit des Richters wert sei, aber scheidende Paare hörten nie auf, mich mit den Mitteln zu überraschen, die sie einsetzen würden, um ihrem ehemaligen Partner Schmerzen zuzufügen.

Felix ging zur Tür und hielt inne, um uns einen Blick über die Schulter zuzuwerfen. „Jessica wird in Kürze hier sein. Bitte lassen Sie es mich wissen, wenn Sie etwas brauchen. Wir beabsichtigen voll zu kooperieren und Giannas Mord aufzuklären."

- „Gut zu wissen." Galloway neigte seinen Kopf, und die Tür schloss sich leise hinter Felix' zurückweichendem Rücken.

Ich stellte meinen Kaffee auf Giannas Schreibtisch, entschied mich gegen die unbequemen Fasssessel und blieb lieber stehen, während ich meine Hände aneinander rieb. „Also, was kommt zuerst?"

- „Zuerst sagst du mir, ob Gianna hier ist."

- „Nicht mehr. Sie war da, als wir ankamen. Sie ist zum Gericht gegangen."

Galloways Augenbrauen senkten sich. „Gericht?"

- „Mmmm. Scheint, als wäre sie in dem Glauben zurückgefallen, dass sie noch lebt. Was seltsam ist. Ich hatte noch nie mit einem Geist wie Gianna zu tun."

- „Ach?"

- „Erstens kann sie ihre Kleidung wechseln. Und sie kann – ich weiß nicht, wie man es nennen würde – reale Gegenstände erschaffen, aber in Geisterform."

- „Was meinst du damit?" Galloway begann, Schubladen in Giannas Schreibtisch zu öffnen und darin herumzustöbern. Ich war froh, dass sie nicht hier war. Sie hätte wahrscheinlich einen Anfall bekommen wegen dieser Verletzung ihrer Privatsphäre.

„Nun, sie hat ein paar Akten und einen Aktenkoffer herbeigezaubert. So was in der Art. Gianna ist manchmal in einer Art alternativer Realität, wo sie glaubt, sie sei lebendig und gehe ihren täglichen Geschäften nach. Sie bemerkt nicht, dass Menschen nicht auf sie reagieren. Sie hat mich heute Morgen überhaupt nicht wahrgenommen."

- „Ist Ben in der Nähe?"

Ich schüttelte den Kopf. „Nein. Ich habe ihn heute nicht gesehen."

- „Macht nichts, wir müssen das eben auf die altmodische Art machen." Er setzte sich in Giannas herrlichen Stuhl, hielt inne, klopfte auf die Armlehnen, wackelte mit dem Hintern und murmelte: „Netter Stuhl."

Ich wollte sagen: „Ja, oder?", aber das hätte verraten, dass ich schon einmal hier gewesen war. Man musste kein Genie sein, um herauszufinden, dass Ben und ich in Giannas Büro eingebrochen waren. Galloway würde diese kleine Neuigkeit nicht zu schätzen wissen, also hielt ich meinen Mund.

Er wackelte mit der Maus, und der Monitor erwachte zum Leben, was mich die Stirn runzeln ließ. Als wir gestern hier waren, erinnere ich mich deutlich daran, den Computer ausgeschaltet zu haben. Hatte jemand anderes herumgeschnüffelt?

„Hallo zusammen, ich bin Jessica." Die Tür öffnete sich, und ein blonder, lockiger Kopf lugte herein. „Kann ich euch einen Kaffee bringen, bevor wir anfangen?" Jessica Watson hatte eine bemerkenswerte Ähnlichkeit mit Marilyn Monroe.

Kein Wunder, dass sie das als ihr Kostüm für den Vogelscheuchenball gewählt hatte. Mit ihren losen, platinblonden Locken, die um ihren Kopf hüpften, dem schwarzen Lidstrich und den rosa Lippen hatte sie mehr als nur eine flüchtige Ähnlichkeit mit dem Star. Sie trug schwarze Hosen, Stilettos und ein blassrosa Hemd mit umgeschlagenen Ärmeln, das ein Bild lässiger Eleganz ausstrahlte. Ich seufzte und blickte auf meine nicht zusammenpassenden Schuhe.

„Nicht für mich", sagte Galloway. „Audrey?"

- „Ich habe schon einen, aber danke." Ich nahm den To-go-Becher und trank einen Schluck.

Jessica trat vollständig in den Raum und schloss die Tür hinter sich. „In Ordnung, wie kann ich dann helfen?"

- „Sie könnten für den Anfang Giannas Computer entsperren." Galloway rollte mit dem Stuhl zurück, um Jessica Platz zu machen. Während sie das taten, schlenderte ich zu der Reihe von Aktenschränken an der Rückwand des Raums. Es waren sechs, weiß mit Messinggriffen und einer hochglänzenden Holzplatte oben drauf, die effektiv eine Arbeitsfläche aus der Reihe von Schränken machte. Clever.

„Was ist in diesen Kundenakten?"

Jessica blickte von ihrer Arbeit auf, während sie Giannas Passwort eintippte. „Nur aktuelle Mandantenakten. Der Rest geht ins Archiv. Vieles davon ist Verwaltungskram für diesen Ort, Personal, Versicherungen, solche Dinge."

Ich begann die Schubladen zu öffnen und durchwühlte sie. Nichts sprang mir sofort ins Auge. „Wer hat Zugang zu diesen? Ich sehe, dass sie Schlösser haben, aber alle sind aufgeschlossen."

- „Chloe schließt sie jeden Abend ab und jeden Morgen wieder auf. Sie macht das mit allen Aktenschränken im Gebäude. Felix hat seinen eigenen Satz, genauso wie Gianna, und jeder von uns hat einen abschließbaren Schrank an seinem Schreibtisch. Chloe hat den Hauptschlüssel."

- „Mir ist auch aufgefallen, dass Giannas Computer eingeschaltet ist. Lässt sie ihn die ganze Zeit an?" Ich war still stolz darauf, wie ich das Thema auf den eingeschalteten Computer gelenkt hatte, ohne meinen kürzlichen Einbruch zu verraten.

Jessica schüttelte den Kopf. „Ich habe ihn heute Morgen eingeschaltet. Reine Gewohnheit, fürchte ich." Ihr Mund verzog sich nach unten. „Gianna kommt an Gerichtstagen gerne früh, also stelle ich sicher, dass ich vor ihr da bin und alles vorbereitet habe."

- „Was beinhaltet das?" fragte Galloway.

„Computer an, Giannas Aktenschränke aufschließen, falls Chloe noch nicht da ist, Kaffeemaschine anstellen. Ich hole auch ihren Papierkalender heraus und lege ihn auf ihren Schreibtisch."

Die Schreibunterlage auf Giannas Schreibtisch war frei von jeglichem physischen Kalender. „Ihr Kalender ist nicht hier", bemerkte Galloway.

„Entschuldigung. Er liegt auf meinem Schreibtisch. Ich bin gerade durchgegangen und habe sichergestellt, dass ich alle ihre Termine storniert oder umverteilt habe."

- „Hat sie dafür nicht einen elektronischen Kalender?" Ich sollte es wissen. Ben hat ihn für mich eingesehen.

„Den hat sie, aber Gianna trägt viele persönliche Sachen in ihren physischen Kalender ein. Ich blockiere nur die Zeit in ihrem elektronischen. Es ist meine Aufgabe, sie gegenzuprüfen. Gianna vereinbart oft Termine und vergisst, sie zu übertragen."

- „Wir werden diesen Kalender brauchen,

Jessica", sagte Galloway zu ihr, und sie nickte, wobei ihre Locken wippten.

„Klar, ich hole ihn jetzt. Ist es in Ordnung, wenn ich die nächsten paar Wochen fotokopiere? Ich muss die Leute über die..." Sie räusperte sich. „Veränderten Umstände informieren."

- „Natürlich."

Während Jessica ging, um den Kalender zu besorgen, suchte ich nach den Personalakten und jubelte triumphierend, als ich sie fand.

„Was hast du vor?" fragte Galloway, während er durch die Dateien auf dem Computer scrollte.

„Ich wollte meine Theorie überprüfen, dass Carolyn, die Empfangsdame, für die Büromanagerposition übergangen wurde, für die Chloe eingestellt wurde."

- „Und?"

- „Und warte, ich lese gerade." Ich hatte Chloes Akte und Carolyns gefunden, sowie alle Bewerbungen für die Position. Ich breitete die Papiere auf dem Arbeitstisch aus und durchsuchte sie. Keine Bewerbung von Carolyn. Ich nahm ihre Personalakte und blätterte durch, auf der Suche nach irgendeiner Erwähnung einer Beförderung oder zumindest einer Notiz, die besagte, dass Carolyn an der Büromanagerposition interessiert war. Eine solche Notiz existierte nicht. Carolyn hatte sich nicht beworben, was meine Theorie, dass sie für eine Beförderung übergangen wurde, zunichte machte.

„Nichts. Es gibt nichts." Ich räumte die Akten weg. „Wie sieht's bei dir aus?"

- „Ich schaue mir ihren Online-Kalender an, und ich muss sagen, dass sie für eine hochrangige Anwältin nicht viele Mandanten hat. Tatsächlich ist das Gericht heute Morgen alles, was sie für diese Woche hat."

- „Wirklich?" Ich beeilte mich, über seine Schulter zu schauen. Es stimmte. Da war ein Mitarbeitertreffen, eine Erinnerung, dass sie einen Beitrag für den Newsletter der Anwaltskammer schreiben musste, und dann nichts mehr. „Wie seltsam."

Jessica kam mit Giannas Papierkalender zurück, einem roségoldenen Kompendium mit einem goldenen Reißverschluss und Verschluss. Sie legte ihn auf den Schreibtisch vor Galloway. „Hier bitte."

Galloway deutete mit dem Daumen auf den Monitor. „Haben Sie die meisten von Giannas Terminen aus ihrem Kalender entfernt?"

Jessica kaute an ihrer Lippe und schaute zum Bücherregal zu ihrer Linken, bevor sie ihre

Aufmerksamkeit wieder Galloway zuwandte. „Nein."
Irgendetwas stimmte nicht. Dieser schnelle Blick
verriet sie.

„Warum hat sie so wenige Termine?" fragte ich.
„Sie ist in der Branche als knallharte
Scheidungsanwältin bekannt. Ich hätte gedacht, sie
wäre komplett ausgebucht."

- „Das war sie früher auch."

- „Bis wann?" Galloway öffnete den
Reißverschluss des Kompendiums und schlug den
Papierkalender auf.

Jessica holte tief Luft und ließ sie mit einem
langen Seufzer entweichen. „Sie hat nichts gesagt.
Vor etwa drei Monaten hat sie mich hereingerufen
und mich gebeten, die meisten ihrer Mandanten an
Jack zu übergeben."

- „Aber nicht den Fall Harris?"

- „Ja, das fand ich auch seltsam. Normalerweise
würde Gianna einen so trivialen Fall nicht anfassen,
aber sie schien Gefallen daran zu finden. Heute wäre
das erste Mal seit Monaten gewesen, dass sie vor
Gericht erscheinen würde."

Ich warf einen Blick auf Galloway, um seine
Meinung zu dieser Wendung der Ereignisse zu
erfahren. „Was denkst du?", murmelte ich. „Glaubst
du, sie hat abgebaut?"

- „Vielleicht hat sie sich auf den Ruhestand vorbereitet?"

Jessica hörte uns. „Sie hat nie erwähnt, dass sie in Rente geht. Nicht gegenüber Felix und nicht gegenüber mir."

Mir wurde klar, dass in Gianna Tates Leben viel passierte, was sie mir nicht erzählt hatte. Lügen durch Auslassung. Ein Anflug von Ärger durchfuhr mich und ließ meine Haut jucken. Ich hatte die Frau gemocht; jetzt hatte ich das Gefühl, sie hatte mit mir gespielt, und seien wir ehrlich, eine Anwältin von Giannas Kaliber hatte sicherlich die Fähigkeiten, jede Täuschung durchzuziehen, die sie wollte.

„Danke, Jessica, Sie können jetzt gehen. Wir rufen, wenn wir noch etwas brauchen."

Sie nickte, drehte auf dem Absatz um und ging.

„Du musst deinem Gesicht beibringen, seine Innenstimme zu benutzen", neckte Galloway mich. „Offensichtlich denkst du, dass Gianna etwas im Schilde führte. Etwas, das sie das Leben kostete. Magst du es teilen?"

Eine Hitzewelle überschwemmte meine Wangen, weil ich ertappt wurde. „Genau das ist es", sagte ich und fächelte mir Luft zu. „Alles, was ich habe, ist dieses *Gefühl*, dass Gianna mich absichtlich in die Irre geführt hat."

Galloways Telefon klingelte. Ich hörte der einseitigen Unterhaltung zu und wusste, dass mir die Neuigkeiten nicht gefallen würden, als er immer wieder zu mir rüberschielte.

„Was?", fuhr ich ihn an, als er auflegte.

„Troy Barnes' Alibi hält."

Ich begann auf und ab zu gehen. „Natürlich tut es das."

- „Wir haben seinen Truck auf einer Verkehrskamera. Das Bild ist körnig, aber man kann ihn zurückgelehnt im Fahrersitz sehen. Er ist erst um zwei Uhr morgens weggefahren."

- „Das bedeutet, er konnte Gianna nicht getötet haben."

Galloway schlug mit den Händen auf den Schreibtisch und stand auf. „Genau. Komm, lass uns diesen Ort auf den Kopf stellen. Sie hat etwas verheimlicht. Etwas, das sie das Leben gekostet hat."

KAPITEL 14

Wir fanden nichts. Nada, niente, null Komma nichts. Das einzig Aufregende war, dass mein zusammengeknüllter Slip endlich einen Fluchtversuch unternahm und sich aus dem Hosenbein meiner Jeans herausarbeitete. Ich stolperte darüber und landete mit dem Gesicht voran auf Giannas plüschigem Büroteppich.

Galloway eilte herbei, um mir aufzuhelfen. „Alles okay? Was ist passiert? *Ist das dein Slip?*"

Ich rollte mich auf den Rücken und starrte zu ihm hoch. „Wärst du überrascht, wenn ich ja sagen würde?"

- „Überhaupt nicht. Komm schon." Er streckte mir seine Hand entgegen und zog mich auf die Füße, dann in eine Umarmung.

„Danke", murmelte ich an seine Brust gelehnt, während ich meine Arme um seine Taille legte.

„Ich muss diese Akten zur Wache bringen und sie vom Team gründlich durchgehen lassen." Seine Stimme vibrierte unter meinem Ohr. Die Akten, von denen er sprach, waren Giannas jüngste Fälle aus dem letzten Jahr, gestapelt in einer Archivbox, mit ihrem Papiertagebuch obendrauf.

„Ich gehe in die Bibliothek, um zu sehen, ob wir diesen Erpresser aufspüren können", sagte ich. Einerseits war ich erleichtert, dass wir bei der Durchsuchung nichts Konkretes gefunden hatten. Das bedeutete, dass ich beim ersten Mal keinen so schrecklichen Job gemacht hatte. Aber andererseits war es frustrierend. Wir waren der Aufklärung des Mordes oder der Erpressung kein Stück näher gekommen. Stattdessen hatten wir mehr Fragen als Antworten aufgeworfen.

Als er mich aus der Umarmung entließ, gab Galloway mir gedankenverloren einen Kuss auf die Wange und hob meinen Slip auf, den er in seine Tasche steckte. „Halt mich auf dem Laufenden."

- „Mach ich."

Während er die Kaffeetassen einsammelte, die wir während unserer dreistündigen Suche benutzt hatten, um sie in die Küche zurückzubringen, schnappte ich mir Giannas Tagebuch, und ich fühlte mich nicht einmal schlecht dabei. Ich schob es in meine Tragetasche, schloss schnell den Deckel der Archivbox, warf mir meine Tasche über die Schulter und nahm die Box. Ich traf Galloway an der Tür und reichte sie ihm. „Hier, bitte."

- „Danke." Mein Glück hielt an. Er bemerkte nicht, dass die Box leichter war, als sie sein sollte.

Wir hatten vorausschauend separate Autos mitgebracht, und ich wartete in meinem, bis Galloway weggefahren war, bevor ich die Augen schloss und an Ben dachte. Ihn herbeirief, wenn man so will.

Er tauchte einen Moment später auf dem Beifahrersitz auf. „Du hast gerufen?"

- „Ich fahre zur Bibliothek. Ich dachte, wir könnten noch einen Versuch unternehmen, Giannas Erpresser aufzuspüren. Hast du sie heute gesehen?"

- „Nein, ich dachte, sie wäre in ihrem Büro, aber ich nehme an, nicht, wenn du gerade dort warst."

- „Sie war da, als wir ankamen, dann sagte sie, sie müsse vor Gericht, aber das war vor drei Stunden, und sie ist nicht zurückgekommen."

- „Vielleicht läuft die Verhandlung noch."

Ich zuckte mit den Schultern. „Könnte sein. Sie

dachte, es wäre ein klarer Fall und erwartete, innerhalb einer Stunde fertig zu sein."

- „Okay, dann lass uns zuerst in die Bibliothek gehen, und danach schaue ich beim Gericht vorbei, um zu sehen, was los ist."

- „Das passt, danke."

Diesmal, als ich auf den Bibliotheksparkplatz fuhr, waren Parkplätze Mangelware. Ich umkreiste den Parkplatz zweimal, bevor ich einen Platz ganz hinten ergattern konnte. Ich warf mir meine Tragetasche über die Schulter, eilte hinein und machte einen Halt am Informationsschalter, während Ben direkt zu der Reihe von Computern ging, die für die Öffentlichkeit zur Verfügung standen.

„Guten Tag. Wie kann ich Ihnen helfen?" Ich weiß nicht, warum ich mir Mrs. Doubtfire als typische Bibliothekarin vorgestellt hatte, aber der junge Kerl vor mir mit dem pickligen Gesicht und der Unbeholfenheit der Jugend war nicht das, was ich erwartet hatte.

„Oh." Ich räusperte mich, überrumpelt. „Kann ich mit jemandem sprechen, der hier verantwortlich ist?"

- „Bezüglich?" sagte der Zwölfjährige. Na gut, wahrscheinlich war er nicht zwölf – die Gesetze gegen Kinderarbeit würden das nicht zulassen – aber er *sah aus* wie zwölf.

„Ich bin Privatdetektivin-" begann ich, doch er unterbrach mich.

„Sind Sie das? Cool! Haben Sie einen Ausweis?" Seine Augen wurden größer, und sein Mund öffnete sich zu einem O. „Oder eine Pistole?"

Ich kramte in meiner Tasche. „Ich habe eine Visitenkarte", sagte ich trocken und reichte ihm eine.

Er nahm sie und untersuchte sie genau. „Delaney Investigations", las er laut vor. „Aber Ihr Nachname ist Fitzgerald. Warum nicht Fitzgerald Investigations? Oder ist Delaney Ihr Chef?"

- „Ben Delaney hat das Unternehmen gegründet, und ich habe es übernommen, als er starb. Ich habe den Namen beibehalten." Warum erklärte ich mich diesem Kind gegenüber? Ich räusperte mich und fing noch einmal an. „Jedenfalls untersuche ich den Mord an Gianna Tate. Du hast vielleicht davon gehört? In den Nachrichten?"

- „Oh, ja. Hab ich. Irgendeine reiche, alte Dame, die in ihrer Villa den Löffel abgegeben hat."

Ich blinzelte. *Würden wir sie als alt bezeichnen?* Das ignorierend, machte ich weiter. „Wir glauben, dass jemand ihr eine E-Mail von einem der Computer hier geschickt hat."

Der Zwölfjährige schaute zu den besagten Computern hinüber, wo Ben die Runde machte, seine Hand auf jeden legte und die Metadaten scannte.

„Okaaaay?" Er wandte seine Aufmerksamkeit wieder mir zu. „Aber wir verfolgen nicht nach, was Leute verschicken. Wir zeichnen nicht auf, was sie auf diesen Computern machen."

- „Nein, das verstehe ich", versicherte ich ihm. „Aber ich habe mich gefragt, ob du dich erinnerst, wer am Donnerstag zur Mittagszeit hier war."

Der Zwölfjährige warf den Kopf zurück und lachte, als hätte ich den besten Witz der Welt erzählt. Ich tippte mit dem Fuß, während ich wartete, bis er seine Heiterkeit unter Kontrolle bekam. Schließlich tat er es und rieb sich mit den Fäusten die Augen.

„Oh Mann, das ist gold", kicherte er, dann bemerkte er meinen nicht amüsierten Gesichtsausdruck. „Also ja, das wäre ein Nein. Wie Sie sehen können, haben wir sechs Computer für die öffentliche Nutzung, und die Leute benutzen sie – oft. Wir haben noch vier in diesem Raum", er zeigte darauf, „aber man braucht einen Bibliotheksausweis, um auf die zuzugreifen. Die Anmeldedaten werden aufgezeichnet."

- „Wer nutzt die?"

- „Hauptsächlich Studenten. Es ist ruhiger im Raum, und man kann einen Computer reservieren, sodass man weiß, dass man Zugang hat, wenn man zum Lernen kommt, während man bei den öffentlichen einfach darauf hoffen muss, dass einer frei ist."

- „Und ich nehme an, keine Überwachungskameras?" Ich schaute mich um, konnte aber keine Kameras entdecken.

„Nein, Ma'am."

„Okay, nun, danke für deine Zeit." Ben war mit den Computern fertig und kam in meine Richtung, wobei er die Arme hob, um zu signalisieren, dass er kein Glück hatte.

„Warten Sie." Der Zwölfjährige hielt mich auf, als ich mich umdrehte, indem er meinen Arm packte. Ich warf ihm einen Blick zu, und er nahm schnell seine Hand weg. „Wie ist sie gestorben? Die alte Dame."

- „Erstens war sie kaum alt. Sie war fünfundfünfzig, und heutzutage ist das nur die Hälfte der erwarteten Lebenszeit." Mehr oder weniger. „Und sie wurde erstochen. Warum? Weißt du etwas?"

Er schüttelte den Kopf. „Nee. Hab mich nur gewundert."

- „Na ja, danke für deine Hilfe..." Ich ließ den Satz offen, wartend, dass er seinen Namen nennt.

„Bryce."

- „Danke für deine Hilfe, Bryce. Habe noch einen schönen Tag."

„Keine Hilfe?" vermutete Ben und ging neben mir her, als ich zum Ausgang lief. Genau da hatte ich eine Idee. Ich drehte mich um, ging zurück und flüsterte Ben aus dem Mundwinkel zu: „Da drüben links ist ein weiterer Raum mit vier Computern. Nur Bibliotheksmitglieder können sie benutzen."

- „Bin dabei."

- „Schon wieder zurück?" fragte Bryce mit einem Lächeln. Ich zog mein Handy heraus und hielt ein Foto von Gianna hoch. „Das ist die Dame, die gestorben ist. War sie kürzlich hier?"

Er schüttelte den Kopf. „Nö."

Ich zeigte ihm Fotos von jedem Mitarbeiter von Beasley, Tate und Associates und bekam dieselbe Antwort. Das heißt, bis Carolyn Wells.

„Oh ja, die kommt ständig hierher."

- „Tut sie das?"

- „Ja." Er nickte. „Sie benutzt aber nicht die Computer. Sie leiht Bücher aus. Die Dame liest, so, richtig viel!"

- „Oh." Mist. Ich dachte, ich hätte eine Spur. Ich

zeigte ihm in einem letzten Versuch ein Foto von Troy Barnes und Harry Watts.

„Tut mir leid." Bryce zuckte mit den Schultern. „Scheint, als wären die nicht Ihre Mörder, was?"

- „Danke nochmal. Du warst eine große Hilfe." Ich zwang mich zu einem Lächeln und ging zurück zum Auto, wo ich auf Ben wartete, der ein paar Minuten später erschien.

„Du wirst es nicht glauben." Seine Aufregung verriet mir, dass er etwas Saftiges gefunden hatte.

„Was hast du gefunden?"

- „Nur dass June Harris Bibliotheksmitglied ist, und sie hatte einen dieser Computer am Donnerstag von zwölf bis eins gebucht."

- „June Harris", wiederholte ich. „Dieselbe June Harris, die Gianna heute vor Gericht vertritt?"

- „Ein und dieselbe." Ben nickte und hüpfte praktisch auf seinem Sitz. „Also? Worauf wartest du? Lass uns gehen!"

Ich startete den Motor und fuhr vom Parkplatz in Richtung Gerichtsgebäude. „Konntest du feststellen, ob die E-Mail von diesem Computer gesendet wurde?", fragte ich Ben während der Fahrt.

„Ja. Ich konnte mich in das E-Mail-Konto einloggen. Es war die einzige E-Mail, die jemals gesendet wurde."

- „Hat Gianna geantwortet?" Obwohl sie mir gesagt hatte, dass sie das nicht getan hatte, war ich mir nicht sicher, ob ich ihr noch vertrauen konnte.

„Nein. Keine Aktivität außer dieser einen gesendeten E-Mail."

Seltsam. Warum sollte June Harris versuchen, ihre eigene Anwältin zu erpressen?

***

„Wovon reden Sie?" June Harris hielt das Halsband ihres Hundes fest, der ein Riesengebell veranstaltete, als ich an ihre Haustür klopfte. Als wir am Gericht ankamen, stellten wir fest, dass der Harris-Fall längst vorbei war und das Gericht Mittagspause machte. Ich nahm an, June wäre zu Hause und würde entweder ihren Sieg feiern oder ihre Niederlage betrauern.

„Ich rede davon, dass Sie letzten Donnerstag einen der Computer der Firefly Bay Bibliothek benutzt haben, um eine E-Mail an Gianna Tate zu schicken, um sie zu erpressen."

Der Hund, ein schwarzer Mops, hörte nicht auf zu winseln und zu jaulen, also öffnete June die Tür weiter und winkte mich herein. „Sie sollten besser reinkommen. Er wird nicht aufhören."

- „Netter Hund. Ich nehme an, Sie haben gewonnen?" June trug immer noch ihre Gerichtskleidung, einen sauber gebügelten schwarzen Anzug, der jetzt mit Hundehaaren verziert war.

Sie ließ den Hund los, der in all dem Durcheinander gefangen war, und beobachtete, wie besagter Hund gründlich an meinen Schuhen schnüffelte.

„Ich denke schon." Sie zuckte mit den Schultern. „Ich habe das Sorgerecht bekommen, aber mit Besuchsrecht. Adam bekommt ihn an einem Wochentag und jedes zweite Wochenende."

- „Sie müssen ihn beide wirklich lieben. Wie heißt er?"

- „Prince."

„Also, sagen Sie mir, June, warum haben Sie Ihre eigene Anwältin erpresst?"

Ben, der versucht hatte, Princes Aufmerksamkeit zu gewinnen – und scheiterte – gab schließlich auf und deutete auf den Durchgang, der vom Wohnzimmer wegführte, um anzuzeigen, dass er sich ein bisschen umsehen würde. Ich tarnte mein Nicken, indem ich mit der Hand über meinen Nacken strich.

„Das ist das Lächerlichste, was ich je gehört habe.

Warum um alles in der Welt sollte ich so etwas tun? Ich musste Gianna nicht erpressen. Ich war hundertprozentig zuversichtlich, dass sie meinen Fall gewinnen würde."

- „Weil eine Droh-E-Mail an sie von einem der Bibliothekscomputer geschickt wurde. Von einem Computer, der unter Ihrem Namen gebucht war, mit Ihrem Bibliotheksausweis."

Ihr Mund klappte auf und ihre Hand flog an ihre Kehle. „Was? Das ist nicht möglich. Ich war seit Ewigkeiten nicht mehr in der Bibliothek, geschweige denn habe ich einen ihrer Computer benutzt. Warum sollte ich? Ich habe hier einen Laptop." Sie zeigte auf den Laptop, der auf ihrem Couchtisch stand.

„Um zu verbergen, dass die E-Mail von Ihnen kam."

- „Aber das ist sie nicht!"

- „Beweisen Sie es", forderte ich sie heraus.

Ihre Arme fielen an ihre Seiten, und ihre Hände ballten sich zu Fäusten, bevor sie sich entspannten. „Dieses dreckige kleine Wiesel. Ich wusste, dass er tief sinken kann, aber ich hätte nie gedacht, dass er zu so etwas fähig wäre", zischte sie.

Man musste kein Genie sein, um zu wissen, dass

sie von ihrem inzwischen Ex-Ehemann Adam Harris sprach.

„Adam hat keinen Bibliotheksausweis. Ich schon." Sie stürmte aus dem Zimmer, und ich folgte ihr in die Küche, wo ihre Handtasche auf der Arbeitsplatte lag. Sie wühlte nach ihrem Geldbeutel, zog ihn heraus und durchsuchte ihn dann. Sie hielt ihn mir entgegen und zeigte auf einen leeren Kartenschlitz. „Sehen Sie das? Da gehört mein Bibliotheksausweis rein. Er hat ihn gestohlen. Er hat meinen Bibliotheksausweis gestohlen und ihn benutzt, um mich in ein Verbrechen zu verwickeln. Verhaften Sie ihn!"

Ich hob beide Hände in einer beschwichtigenden Geste. „Erstens kann ich ihn nicht verhaften. Ich bin Privatdetektivin, keine Polizistin. Und zweitens brauchen wir Beweise, dass Ihr Ex den Ausweis genommen hat und niemand anderes."

- „Wer sonst könnte es sein?" Sarkasmus triefte aus jedem Wort, und ich konnte es ihr nicht verübeln. Es sah ganz danach aus, als hätte Adam Harris den Bibliotheksausweis seiner Frau genommen, um einen Computer in der Bibliothek zu benutzen und die Erpressungs-E-Mail zu senden. Ich starrte nachdenklich aus dem Fenster über Junes Spüle. Glaubte er, er könnte Gianna erpressen, den

Fall fallen zu lassen? June als Mandantin abzulehnen, damit er das Sorgerecht für Prince bekäme? Es war so abwegig, dass es sogar wahr sein könnte.

„Und jetzt?" fragte June.

„Ich werde mit Adam sprechen, und wenn ich genügend Beweise sammeln kann, dass er das getan hat, werde ich sie an die Polizei weitergeben. Erpressung ist eine Straftat; es könnte Anklage erhoben werden."

Ich fügte nicht hinzu, dass Adam vielleicht Gianna in einem verzweifelten Versuch, seinen Hund zu behalten, getötet hatte.

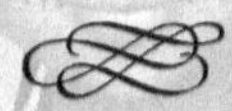

ährend ich in meinem Auto wartete, bis Ben mit der Schnüffelei in Junes Haus fertig war, öffnete ich meine PD-App und tippte Adam Harris ein, wobei ich die Suchergebnisse auf Firefly Bay eingrenzte. Bingo. Ein Ergebnis, und laut der App hatte Adam keine kriminelle Vergangenheit. Er arbeitete im Einzelhandel in einem beliebten Herrenbekleidungsgeschäft in der Main Street, und seine neue Adresse, seit er aus dem Ehehaus ausgezogen war, war eine Wohnung in der Grave Avenue.

„Nichts besonders Aufregendes zu berichten." Ben materialisierte sich auf dem Beifahrersitz und ließ mein Herz einen Schlag aussetzen. Obwohl ich ihn erwartete, erschreckte mich seine Art, aufzutauchen und zu verschwinden, immer noch. „Dieser Hund hat mehr Spielzeug als ich während meiner gesamten Kindheit. Und June hat ein Valium-Rezept. Ansonsten..."

- „Ich glaube sowieso nicht, dass sie unsere Erpresserin ist. Ihr Bibliotheksausweis wird vermisst, und sie zeigt mit dem Finger auf Adam."

- „Plausibel. Es sei denn, sie hat ihn fallen lassen und jemand hat ihn aufgehoben."

- „Er hat ein eigenes Fach in ihrer Handtasche. Das ist nichts, was du einfach fallen lassen würdest, ohne es zu bemerken. Man müsste ihn überhaupt erst aus der Tasche genommen haben, aber ich weiß deine Rolle als Advocatus Diaboli zu schätzen. Hypothetisch gesehen, wie groß ist die Wahrscheinlichkeit, dass June ihn fallen ließ, irgendein Zufallstyp ihn aufhob und dachte, *Weißt du was? Ich werde das benutzen, um eine Erpressungs-E-Mail an einen prominenten Anwalt zu schicken.*'"

- „Verstanden. Also. Zu Adams Wohnung?"

- „Zu Adams Wohnung", stimmte ich zu.

Das Tolle am Leben in Firefly Bay? Es dauert buchstäblich nur Minuten, um von Punkt A nach Punkt B zu kommen. Zugegeben, Adam wohnte jetzt am anderen Ende der Stadt von June, aber das andere Ende der Stadt war nicht weit entfernt, und knappe zehn Minuten später klopfte ich an die Tür der Wohnung 2B.

Die Tür wurde aufgerissen. „Was?"

Ich musterte den unordentlichen blonden Typen, der in Boxershorts und T-Shirt vor mir stand, mit einer Bierflasche in der einen Hand, während die andere die Tür hielt. Oder hielt vielleicht die Tür ihn aufrecht?

„Adam Harris?"

- „Wer will das wissen?" Er lehnte sich zu mir, starrte mir intensiv ins Gesicht, und die Alkoholfahne seines Atems hätte mich fast umgehauen. Ich legte eine Hand auf seine Brust und schob ihn zurück. „Geh mal einen Schritt zurück, Kumpel. Du solltest es vielleicht langsamer angehen lassen mit denen." Ich deutete auf die Flasche, die er halb zum Mund geführt hatte.

„Wer sind Sie? Meine Mutter? Oder schlimmer, meine Frau?" Er schnaubte, dann lachte er, drehte sich weg und ließ die Tür offen. Ich nahm es als Einladung und trat ein. Es schien, als würde Adam seinen Kummer ertränken. Über der Rückenlehne des Sofas hing ein Sakko. Auf dem Boden lag die dazugehörige Hose. Der Couchtisch war mit Bierflaschen übersät.

„Jammerparty für eine Person", murmelte ich.

„Ich sehe mich um." Ben ließ mich mit dem betrunkenen Adam Harris allein. Das würde entweder unglaublich einfach oder unglaublich schwierig werden.

„Schlechter Tag, Adam?"

„Ich hatte schon bessere." Er lümmelte sich auf dem Sofa und beobachtete mich. „Wer haben Sie noch mal gesagt, sind Sie?"

- „Audrey Fitzgerald. Privatdetektivin."

- „Privatdetektivin?"

- „Privatdetektivin."

- „Sowas gibt's wirklich?" Er lachte laut auf und beugte sich vor, um sich auf die Schenkel zu schlagen. Ich konnte nicht verstehen, was daran so lustig war, aber egal.

„Sehr real", versicherte ich ihm. „Ich bin hier, um dich über Gianna Tate zu befragen."

- „Junes Anwältin? Was ist mit ihr?" Er zupfte am Etikett seiner Bierflasche und vermied es, mich anzusehen.

„Warum hast du versucht, sie zu erpressen?"

- „Autsch", sagte Ben hinter mir. „Direkt an die Kehle."

Adam antwortete nicht sofort. Er zupfte weiter am Etikett. „Wer sagt, dass ich versucht habe, sie zu erpressen?"

- „Oh, er ist unser Mann." Ben klopfte mir auf den Rücken, was dazu führte, dass meine Schulterblätter beim Aufprall kurzzeitig erstarrten. Ich biss die Zähne zusammen und versuchte, nicht zu reagieren. „Hier gibt's nicht viel", fuhr er fort. „Der alte Adam ist ein bisschen Minimalist. Oder er ist pleite wegen seiner Scheidung und kann sich über das Nötigste hinaus nichts leisten."

Ein kurzer Blick auf meine Umgebung ließ mich Bens Einschätzung zustimmen. Abgesehen vom Sofa, Couchtisch und Fernseher gab es nichts anderes im Wohnzimmer. Keine Nippes, keine kuschelige Einrichtung. Nur das Wesentliche.

„Computer?", fragte ich aus dem Mundwinkel.

„Keinen gefunden."

Ich hob Adams Hose vom Boden auf und wühlte in den Taschen herum, bis ich seine Geldbörse herauszog.

„Hey!", protestierte Adam. „Was machen Sie da?"

Ich ignorierte ihn, klappte die Börse auf, und da, zusammen mit einer Kreditkarte reingestopft, war June Harris' Bibliotheksausweis. Ich hielt ihn hoch und warf die Geldbörse zu Adam, der sie nicht fangen konnte, sodass sie von seiner Brust abprallte und auf den Boden fiel.

„Mögen Sie mir erzählen, was Sie am Donnerstag

in der Mittagszeit in der Bibliothek gemacht haben?", fragte ich und wedelte mit dem Ausweis.

„Der gehört nicht mir", erklärte er abwehrend.

„Ich weiß. Sie haben ihn Ihrer Frau geklaut. Um sie in dein Erpressungsschema zu verwickeln."

Er sah mich immer noch nicht an. Stattdessen betrachtete er seine sockenbedeckten Füße, die Lippen fest verschlossen.

„Lassen Sie mich Ihnen erzählen, wie ich denke, dass es abgelaufen ist, und Sie können mir sagen, ob ich richtig liege." Ich lief auf und ab und tippte dabei mit dem Bibliotheksausweis gegen meine Hand. „Sie wussten, dass Sie den Prozess gegen June verlieren würden, dass sie das Sorgerecht für Prince bekommen würde. Also haben Sie einen verzweifelten Plan ausgeheckt. Ihre Anwältin erpressen. Ich bin mir nicht sicher, warum Sie dachten, dass das eine gute Idee wäre, denn es würde sie nicht davon abhalten, den Fall zu übernehmen - immerhin, wenn dein Erpresserschreiben diesen Fall erwähnte, würde sie wissen, dass Sie es sind. Also dachten Sie, was, hundert Riesen sollten Ihren Schmerz und Ihr Leid abdecken? Sie könnten Ihnen Ihr neues Leben aufbauen. Einen neuen Hund zulegen. Vielleicht ein paar Möbel."

Adams Gesicht wurde blass, und ich fragte mich,

ob er ohnmächtig werden würde. Oder kotzen. Jedenfalls war ich auf der richtigen Spur. „Was ist dann passiert, Adam? Sie hat deinen Forderungen nicht nachgegeben, und Sie haben die Beherrschung verloren und sie umgebracht?"

- „Nein!" Er sprang auf, das Klonk der Bierflasche, die auf den Boden traf, und das Plätschern der verschütteten Flüssigkeit waren laut in der stillen Wohnung zu hören. „So war das nicht. Ich habe sie nicht getötet, ich schwöre."

- „Aber Sie haben versucht, sie zu erpressen."

Er warf die Hände in die Luft. „Ja. Ja, okay, gut, ich gebe es zu. Ich war es. Aber ich habe sie nicht getötet, ich schwöre." Er schniefte, seine Augen füllten sich mit Tränen. „Ich bin so ein Versager. Ein totaler Verlierer. Ich hatte nicht mal die Eier, die Erpressung durchzuziehen." Er setzte sich wieder hin, stützte den Kopf in die Hände und schluchzte.

Ich schaute Ben entsetzt an. „Was jetzt?", flüsterte ich.

Ben sah genauso unwohl aus, wie ich mich fühlte. „Ich schätze, wir bringen ihn zur Wache?"

- „Eine Bürgerfestnahme?" Ich kaute an meiner Lippe und überlegte meine Optionen. „Ich rufe Galloway an."

Während Adam weiter wie ein gebrochener

Mann weinte, wählte ich die Nummer meines Liebsten und war unendlich erleichtert, als er bereits beim zweiten Klingeln ranging.

„Hey, Schatz, hör zu, ich bin in Adam Harris' Wohnung, und er hat den Erpressungsversuch an Gianna gestanden."

Adam hörte auf zu weinen und hob den Kopf, die Wangen nass von Tränen, Rotz über seiner Oberlippe. Ich kramte in meiner Tasche, fand ein Taschentuch und warf es ihm zu.

„Ich lasse ihn abholen. Wie bist du auf ihn gekommen?"

Ich erzählte ihm von meinem Besuch in der Bibliothek, der Aufzeichnung, dass Junes Bibliotheksausweis einen der Computer benutzt hatte, als die E-Mail gesendet wurde, dem Besuch bei June und der anschließenden Entdeckung, dass ihr Bibliotheksausweis verschwunden war, was mich letztendlich zu Adams Tür geführt hatte.

„Klingt, als hätte er ein Motiv für Mord", sagte Galloway.

„Er sagt, das stimmt nicht."

„Aber was denkst du?", drängte er, und ich warf einen Blick auf den verzweifelten Mann auf dem Sofa. Fähig zu morden? Ist das nicht jeder? Wenn du in die Ecke gedrängt wirst, verzweifelt bist, würdest du töten? Wenn ich Thor und Bandit zu verlieren drohte, würde ich mein Leben für sie aufs Spiel setzen, aber wäre ich bereit, das Leben eines anderen zu nehmen? Im Eifer des Gefechts... möglicherweise. Vorsätzlich? Nein.

„Ich habe keine Spur von der Waffe gefunden, mit der Gianna getötet wurde", sagte Ben zu mir.

„Es ist egal, was ich denke", antwortete ich schließlich Galloway. „Es sind die Beweise, die zählen."

Galloway lachte. „Du solltest Polizistin werden."

- „Wasch dir den Mund aus", neckte ich ihn. Als ich Galloway zum ersten Mal traf, war es kein Geheimnis, dass ich ein tiefes Misstrauen gegenüber der Polizei hegte. Obwohl Ben einst bei der Polizei gewesen war, hatte die Art und Weise, wie er reingelegt und aus dem Beruf, den er liebte, gedrängt wurde, mir genauso wehgetan wie ihm, und ich hatte diese Verletzungen nach seinem Tod mit mir herumgetragen. Wir würden heute wahrscheinlich nicht über Hochzeitsglocken reden, wenn Galloway mich nicht für sich gewonnen hätte, indem er die korrupten Polizisten verhaftete, die dafür verantwortlich waren.

„Officers Walsh und Collier sind auf Streife. Ich schicke sie zu euch, um ihn abzuholen."

- „Und die Wohnung durchsuchen? Du weißt schon, nach der Mordwaffe."

- „Ich nehme an, das hast du bereits getan, aber ja, die Polizei von Firefly Bay muss ihre Arbeit gründlich machen. Sergeant Young wird sich darum kümmern."

- „Du kommst nicht?"

- „Ich werde Harris auf dem Revier befragen."

- „Du musst vielleicht warten, bis er wieder nüchtern ist." Ich warf einen Blick auf den betrunkenen, emotionalen Mann auf dem Sofa, der aussah, als hätte jemand gerade seinen Welpen getreten. In gewisser Weise hatten sie das wohl auch.

Galloway seufzte. „Danke für den Hinweis. Wir stecken ihn in eine Zelle, bis er nüchtern ist. Wir können die Ermittlungen nicht dadurch trüben, dass wir einen Verdächtigen unter Alkoholeinfluss befragen."

Und *deshalb* liebe ich Detective Kade Galloway. Das und andere Dinge, aber sein moralischer Kompass ist intakt, und das finde ich äußerst attraktiv. Korrupte Polizisten wie Officer Ian Mills hätten Adam mit Sicherheit betrunken verhört und diese Aussage benutzt, um sie an jedes beliebige Verbrechen anzupassen.

Ich beendete das Gespräch mit Galloway und

warf Adam seine Hose zu. „Sie sollten die vielleicht anziehen. Die Polizei ist unterwegs."

- „Um mich zu verhaften?"

Ich zuckte mit den Schultern. „Wahrscheinlich nehmen sie Sie erst mal zum Verhör mit. Glaub mir, sagen Sie einfach die Wahrheit. Das wird besser für Sie ausgehen als zu lügen." Am liebsten hätte ich gesagt, dass alles gut werden würde, aber da war ich mir nicht sicher. Er hatte versucht, Gianna zu erpressen. Das ist illegal. Aber Gianna hatte keine Anzeige erstattet – konnte keine erstatten –, also wusste ich nicht, was das für Adam bedeutete.

„Ich glaube nicht, dass er sie getötet hat", sagte Ben und beobachtete, wie Adam unbeholfen versuchte, sich anzuziehen.

„Ich auch nicht." Aber ich hatte nichts Konkretes, um das zu untermauern, außer einem Bauchgefühl. Ich hatte ein bisschen Mitleid mit Adam, was mein Urteilsvermögen trübte. Es war nicht Giannas Schuld, dass seine Ehe gescheitert war. Dennoch konnte die Vermögensaufteilung – besonders die eines Mopses namens Prince – eindeutig ihr zugeschrieben werden. Aber es war ein Teufelskreis, denn Giannas Ermordung würde den Fall nicht davon abhalten, vor Gericht zu gehen. Ein anderer Anwalt würde ernannt – und wurde es auch – und Adam verlor den Fall *trotzdem.*

„Mit wem redest Sie?", fragte Adam, während er aufstand, um seine Hose zuzumachen.

„Mit niemandem. Nur mit mir selbst."

„June hat das auch gemacht. Mit sich selbst gesprochen." Und dann begann er wieder zu weinen.

„Er ist ein Wrack", sagte Ben und drehte sich zur Tür. „Besuch ist da."

Eine Sekunde später klopfte es.

„Ich gehe schon", sagte ich zu Adam, der gerade nach seinen Schuhen suchte. Ich öffnete die Tür und fand Officers Collier und Walsh auf der anderen Seite.

„Audrey." Tom Collier lächelte und nickte zur Begrüßung.

„Hey, Leute, kommt rein. Adam zieht sich gerade an."

- „Anzieht? War er etwa nackt?", rief Noah Walsh aus und klopfte mir im Vorbeigehen auf die Schulter.

„Halb. Er war in Boxershorts, als ich ankam."

- „Alles klar. Galloway hat gesagt, wir sollen ihn erst in die Ausnüchterungszelle stecken."

- „Er gehört ganz dir." Ich ließ Adam bei ihnen und ging hinaus, wobei ich irgendwie Ben aus den

Augen verlor. Entweder hatte er beschlossen, bei Tom und Noah zu bleiben, oder er war woandershin gegangen, also fuhr ich allein nach Hause. Ich hätte unsere mysteriöse Verbindung nutzen können, um ihn zu mir zu rufen, aber ich mochte das nicht tun, es sei denn, ich brauchte tatsächlich seine Hilfe bei etwas. Ich kann mir nicht vorstellen, wie nervig es wäre, wenn jemand diese Art von Macht über einen hätte, einen von dem, was man gerade tat, ohne Einwilligung wegziehen zu können.

KAPITEL 16

Auf der Whiteboard-Tafel in meinem Heimbüro schrieb ich Adams Namen nur, um die Befriedigung zu haben, ihn durchzustreichen und Erpresser daneben zu schreiben. Technisch gesehen hatte ich das getan, wofür Gianna mich angeheuert hatte – oder gerade dabei war, mich anzuheuern – und das war, ihren Erpresser zu finden. Jetzt musste ich nur noch ihren Mörder finden.

Thor tappte in den Raum und schlängelte sich um meine Knöchel. Ich bückte mich und hob ihn in meine Arme, stöhnend unter seinem Gewicht. Er war wirklich ein molliger Kater.

„Wie geht's dir, hmmm?", murmelte ich und strich mit meiner Hand durch sein dickes, üppiges

Fell. Sein Schnurren war laut und vibrierte an meiner Brust.

„Okay, das reicht. Setz mich ab", verlangte er.

Kopfschüttelnd kam ich dem nach. „Wo ist Bandit?"

- „Schläft unter den Decken auf deinem Bett."

- „Ich schau gleich mal nach ihr." Ich weiß nicht, warum ich mir die Mühe machte, ihm das zu sagen, denn sein Schwanz zuckte, als er mit einem beiläufigen „Wie auch immer" aus dem Raum ging.

Nachdem ich fünf Minuten lang auf die Tafel gestarrt hatte, ohne dass mir Hinweise ins Auge sprangen, ging ich in die Küche zum Nirwana, das der Kaffee bot. Da sah ich einen Zettel an der Glasschiebetür. Ich öffnete die Tür und nahm den Zettel ab. Es war eine Postkartenwerbung für eine Hochzeitsmesse in der Stadt. Darauf hatte Seb geschrieben: „Wir gehen da hin!"

Ich warf die Karte auf die Küchentheke und machte mir einen Kaffee. Seb als meinen Hochzeitsplaner einzustellen sollte mein Leben eigentlich erleichtern. Ich hoffte aufrichtig, dass ich kein Monster erschaffen hatte. Aber er würde zumindest einen netten Puffer zwischen Amanda und mir bilden.

„Mama!" Bandit sauste die Treppe hinunter und

schlitterte mit voller Geschwindigkeit über den Boden. Das Pfotenabdruck-Muster auf ihrem Rücken war niedlich, aber ich muss zugeben, ich mochte sie lieber mit ihrem ganzen Fell.

„Hey, Bandit." Ich kratzte sie oben am Kopf und hinter den Ohren, und sie gab ein zwitscherndes Geräusch der Freude von sich. Lächelnd gab ich ihr einen letzten Streichler, drehte mich um, und da bemerkte ich, dass die Speisekammertür einen Spalt offenstand. Die Speisekammertür, bei der ich am Vorabend doppelt, dreifach überprüft hatte, dass sie sicher geschlossen war.

„Was soll das?", fragte ich sowohl Thor als auch Bandit. Keiner antwortete, was seltsam war, da Thor normalerweise der Erste war, der seine Unschuld beteuerte, und Bandit, die verkündete, dass es ihr leidtat – ob sie nun schuldig war oder nicht.

Ich öffnete die Tür, schaltete das Licht ein und erwartete, ein fürchterliches Durcheinander vorzufinden. Was ich fand, war Gianna, die Hand in meiner letzten Cheez-It-Packung, mit einem schuldbewussten Blick auf ihrem Gesicht.

„Kannst du das erklären?", fragte ich, während die Kratzer auf meiner Stirn wieder zu jucken begannen.

„Meine einzige kleine Sünde", gab sie zu, nahm

ihre Hand heraus und wischte ihre Handflächen an ihrem Hintern ab.

„Du hast mir Vorträge über das Essen von denen gehalten." Ich war empört. Sie hatte meine Vorliebe für Junkfood abgewertet, während die ganze Zeit... Moment mal. „Warst du es? Hast du Bandit und Thor in die Speisekammer gelassen? Ihnen gezeigt, wo ich die Cheez-Its versteckt hatte?" Ich hatte drei Schachteln von Nicks Bodega gekauft, weil sie im Angebot waren. Ich hatte sie absichtlich versteckt, weil ich wusste, dass Thor und Bandit darüber herfallen würden. Ich meine, komm schon, Junkfood und ein Waschbär?

„Das habe ich nicht!", erklärte Gianna und stemmte die Hände in die Hüften. „Was für eine lächerliche Idee. Ich wusste nicht einmal, dass du diese hast, bis ich dich gesehen habe, wie du sie dir im Auto in den Mund gestopft hast!"

Fairer Einwand. „Okay, gut. Nun, komm raus. Diese Tür soll geschlossen bleiben, um die beiden fernzuhalten." Ich deutete mit dem Daumen, und Gianna verließ gehorsam die Speisekammer. „Wie hast du die Tür überhaupt aufbekommen?"

- „Auf die übliche Weise." Sie schnüffelte. „Indem ich den Griff gedreht habe."

- „Ja, aber Geister können Dinge nicht physisch berühren."

- „Die Beweise zeigen eindeutig etwas anderes."

- „Ich muss *eindeutig* ein Schloss einbauen."

Nachdem ich meinen Kaffee geholt hatte, schnappte ich mir meine Tragetasche und setzte mich auf das Sofa, wo ich nach Giannas Tagebuch wühlte. Gianna nahm in einem Sessel Platz und beobachtete mich.

„Also, sag mir", sprach ich beiläufig, „warum so wenige Klienten in den letzten Monaten?"

Ihre Stirn runzelte sich. „Was meinst du?"

- „In den letzten Monaten hattest du nur einen Fall. June Harris. Wieso? Hattest du vor, in Rente zu gehen?"

Sie zuckte zurück, als hätte ich ihr eine Ohrfeige verpasst. „In Rente? Ich bin fünfundfünfzig! Warum sollte ich in Rente gehen?"

- „Ich weiß nicht, vielleicht weil du es dir leisten konntest? Vielleicht hattest du keine Lust mehr auf Arbeiten und wolltest reisen? Es gibt viele Gründe, warum du in Rente gehen wolltest."

Sie rieb sich die Schläfe. „Ich bin mir nicht sicher."

- „Du bist dir nicht sicher, ob du in Rente gehen

wolltest? Oder du bist dir nicht sicher, warum du keine Klienten mehr angenommen hast?"

Ihr Stirnrunzeln vertiefte sich. „Ich bin mir nicht sicher, ob ich mich erinnere."

Ich seufzte. Also waren wir wieder bei diesem Thema. Giannas Erinnerung an ihren Tod war wie Schweizer Käse. Voller Löcher.

„Nun", ich hielt das Tagebuch hoch, „vielleicht steht die Antwort hier drin."

- „Das gehört mir."

- „Richtig. Und ich hoffe, einen Hinweis darauf zu finden, wer dich tot sehen wollte."

- „Ich wollte nicht sterben."

Jetzt war ich an der Reihe, die Stirn zu runzeln. „Das will keiner von uns. Aber mach dir keine Sorgen, Galloway und ich werden herausfinden, wer es getan hat. Gerechtigkeit wird geschehen."

Sie nickte. „Gerechtigkeit. Ja." Und dann verschwand sie.

„Das war seltsam", sagte ich in die leere Luft, bevor ich einen Schluck des heißen Kaffees nahm und durch die Seiten ihres Tagebuchs blätterte. Nichts notiert am Donnerstag, an dem sie die Erpressungs-E-Mail erhalten hatte, aber sie hatte ‚Audrey anheuern' in das Feld für Freitag geschrieben. Sie hatte also vorgehabt, mich anzuheuern, war nur nicht dazu gekommen anzurufen, und dann wurde sie getötet. Ich fragte mich, ob sie noch am Leben wäre, wenn sie diesen Anruf früher getätigt hätte.

Abgesehen von regelmäßigen Haar-, Nagel- und Gesichtsterminen hatte Gianna jeden Monat einen halben Tag blockiert, an dem sie ‚Stadt' notiert hatte. „Nicht sehr hilfreich, Gianna." Offensichtlich hatte sie ein Treffen in der Stadt, aber mit wem, und warum dauerte es einen halben Tag? Mein Kopf schnellte hoch, als mir ein Gedanke kam. „Wo ist dein Handy?" Ihr Handy würde mir so viel verraten, wie zum Beispiel, wen sie anrief, wenn sie in der Stadt war. Vielleicht sogar Fotos von dem, was sie dort getrieben hatte.

Ich schickte Galloway eine Nachricht und fragte: „Hat die Polizei Giannas Handy?"

Schließlich antwortete er: „Negativ."

Wie hatte ich das übersehen können? Giannas Handy fehlte, was bedeutete, dass der Mörder es wahrscheinlich mitgenommen hatte. Das bedeutete auch, dass etwas Belastendes auf dem Handy war, das die Polizei nicht finden sollte. Natürlich war ich mir sicher, dass Galloway ihre Telefonprotokolle anforderte. Trotzdem konnte ich als Privatdetektivin meine verschiedenen Apps und Datenbanken nutzen, um, sagen wir nicht zu hacken, sondern auf diese Informationen *zuzugreifen* ohne den ganzen bürokratischen Aufwand. Ich sprang auf und warf das Tagebuch auf den Couchtisch, wo es prompt über die Oberfläche rutschte und auf der anderen Seite zu Boden fiel.

Als ich mich bückte, um es aufzuheben, bemerkte ich eine Visitenkarte, die sich gelöst hatte und mit der Rückseite nach oben auf dem Teppich lag. Etwas war auf der Rückseite geschrieben. Ich hob sie auf und betrachtete sie genauer. Es war ein Datum und eine Uhrzeit. Als ich sie umdrehte, las ich Bradley Howard, Anwalt, Sante Law.

Ich griff nach dem Tagebuch und blätterte durch die Seiten, um das Datum zu finden, das Gianna auf die Rückseite geschrieben hatte. Und da war es. Gianna war an diesem Tag in der Stadt, um sich mit einer anderen Anwaltskanzlei zu treffen. Hatte sie vor, Firefly Bay zu verlassen? Nicht in Rente gehen, sondern umziehen, für eine andere Kanzlei arbeiten?

Ich eilte in mein Büro, schaltete den Computer an und begann zu tippen. Nachdem ich Zugang zu Giannas Telefonprotokollen erhalten hatte, war es nicht schwer, die Nummer auf der Visitenkarte zuzuordnen. Gianna hatte häufig mit Bradley Howard gesprochen. Fast zu oft für ein Bewerbungsgespräch, hätte ich gedacht, aber ich kannte den Einstellungsprozess für eine Anwältin von Giannas Kaliber nicht. Vielleicht war er umfangreicher als der Standard, den ich gewohnt war. Die einzige Möglichkeit herauszufinden, worum es ging, war, selbst mit dem Anwalt zu sprechen.

„Bradley Howard." Der britische Akzent am anderen Ende der Leitung überraschte mich. Er erinnerte mich so sehr an Thor. „Hallo?", forderte er mich auf, als ich nicht sofort antwortete.

„Entschuldigung." Ich räusperte mich. „Mein Name ist Audrey Fitzgerald. Ich bin Privatdetektivin und arbeite im Auftrag von Gianna Tate."

- „Verstehe. Was kann ich für Sie tun?"

Ich kam gleich zum Punkt. „Sollte Gianna Ihrer Kanzlei beitreten?"

- „Nein." Es war eine kurze Antwort, aber ich bemerkte die Überraschung darin, die Art, wie seine Stimme am Ende anstieg.

„Warum hat sie Ihr Büro so häufig besucht, wenn nicht für – was wie eine Reihe von Vorstellungsgesprächen aussieht?"

- „Das fällt unter die Anwalts-Mandanten-Vertraulichkeit, Frau Fitzgerald."

Mein Mund klappte auf, und ich schloss ihn mit einem Schnappen. „Sie sind ihr *Anwalt*?"

„Ich fürchte, ich kann Ihnen nicht helfen. Gibt es sonst noch etwas?"

- „Sie *wissen* schon, dass sie tot ist?"

Es gab eine Pause, dann: „So bald?"

- „Was meinen Sie mit so bald? Sie wurde ermordet. Am Samstagabend."

Wieder eine Pause, dann: „Das wusste ich nicht. Aber danke für die Information."

- „Also, sind Sie ihr Testamentsvollstrecker? Für ihren letzten Willen?"

- „Einen schönen Tag noch, Frau Fitzgerald." Er legte auf.

Ich verbrachte die nächste Stunde damit, Telefonnummern rückwärts zu suchen, die Gianna in den letzten sechs Monaten häufig angerufen hatte. Abgesehen von Sante Law in der Stadt fiel eine andere Nummer auf. Athegate Memorial Krankenhaus.

Galloways Gesicht leuchtete auf meinem Handybildschirm auf.

„Hey", antwortete ich und lehnte mich in meinem Stuhl zurück. „Perfektes Timing."

- „Ach ja?"

- „Ich habe herausgefunden, dass Gianna in den letzten sechs Monaten regelmäßig, praktisch monatlich, in die Stadt gefahren ist."

- „Irgendeine Ahnung warum?"

- „Nun, zuerst dachte ich, sie würde vielleicht in Rente gehen. Weil, weißt du, sie hat kaum noch neue Klienten angenommen. Als ich ihren Terminkalender durchgesehen habe, fand ich heraus, dass sie jeden Monat Zeit in der Stadt eingeplant hatte, also dachte ich, sie würde dort hinziehen, vermutete, dass sie nach Immobilien schaut, so in der Art."

- „Also da ist er gelandet."

Ups. Ich hatte vergessen, dass ich den Kalender von Galloway gemopst hatte. „Du kannst ihn zurückhaben. Ich bin fertig damit."

- „Oh, das habe ich auch vor. Aber du hast die Beweismittelkette durchbrochen."

Ups schon wieder. „Jedenfalls", fuhr ich fort, „habe ich entdeckt, dass sie eine andere Anwaltskanzlei besucht hat - Sante Law - also habe ich dort angerufen, um herauszufinden, ob sie dort arbeiten wollte. Es stellt sich heraus, dass sie deren *Klientin* ist."

- „Ich schätze, auch Anwälte brauchen ab und zu ihre eigenen Rechtsberater."

- „Ist das so? Jedenfalls hat sie sich mit Bradley Howard getroffen, aber er wollte mir nicht sagen, worum es ging – Schweigepflicht und all das."

Galloway schnaubte. „Kann mir nicht vorstellen, dass dich das aufhält. Hast du sie danach gefragt? Ist sie da?"

- „Nee, sie kam kurz vorbei, aber jetzt ist sie wieder weg. Sie ist der ungewöhnlichste Geist, mit dem ich je gearbeitet habe. Sie kann Türen öffnen!"

- „Stell dir vor", nuschelte er gedehnt, offensichtlich nicht so beeindruckt wie ich.

„Jedenfalls hat sie auch regelmäßig im Athegate Memorial Hospital angerufen, also denke ich, dass sie vielleicht einen kranken Freund oder Verwandten in der Stadt hat und hilft, dessen Angelegenheiten zu regeln, weshalb sie sich die ganze Zeit freinimmt und in die Stadt fährt und so weiter."

- „Man würde denken, sie würde sich selbst um das Testament und die Nachlassplanung kümmern", gab Galloway zu bedenken. „Immerhin ist das doch ihr Job."

- „Interessenkonflikt?" Das war schwach. Natürlich würde man einem todkranken Freund helfen, seine rechtlichen Angelegenheiten zu regeln. „Wie auch immer, du hast mich angerufen. Hast du Neuigkeiten?"

- „Ich dachte, es würde dich interessieren, dass wir die Ergebnisse von dem zurückbekommen haben, was wir für Fett auf der Kücheninsel in Giannas Ankleideraum gehalten haben."

- „Und?"

- „Kein Fett. Make-up."

- „Make-up?" Ich runzelte die Stirn. „So was wie... Eyeliner? Mascara?" Ich hatte noch nie gesehen, dass eines dieser Dinge so einen Fleck hinterlassen hätte.

„Bühnenschminke. Wie Gesichtsfarbe", präzisierte er.

„Oh." Ich nickte. Dann fiel der Groschen. „Oh!"

- „Genau. Gianna trug kein Bühnen-Make-up, also konnte es nicht von ihr stammen. Es musste von einem der Gäste auf der Party sein."

Ich ging in Gedanken durch, wer Bühnen-Make-up getragen hatte. Amanda und Dustin mit ihren Vampirkostümen, Carolyn und Chloe mit ihren Tag-der-Toten-Kostümen und die beiden Zombies, Jack und Caitlin. Unser Kreis der Verdächtigen hatte sich erheblich verkleinert. Nur war keiner von ihnen auf meiner Mordtafel.

Die einzige Person von Beasley, Tate und Associates, die ich mit einem möglichen Motiv markiert hatte, war Chris Haiden, aber er hatte nicht einmal ein Kostüm getragen, geschweige denn Bühnen-Make-up. Ein schneller Blick auf die Uhr verriet mir, dass der Nachmittag mir davongelaufen war. Wenn ich meine neue Liste der Verdächtigen befragen wollte, musste ich zu Beasley, Tate und Associates kommen, bevor alle für den Tag gingen. Ich stürmte so schnell aus dem Haus, dass ich eine Staubwolke hinter mir hinterließ.

KAPITEL 17

Carolyn war an ihrem üblichen Platz hinter dem Empfangstresen, als ich ankam, und mir wurde klar, dass ich so schnell hierher gestürmt war, dass ich keinen konkreten Plan hatte. Nicht, dass mich das jemals aufgehalten hätte, aber ich stand in der Eingangshalle einer Anwaltskanzlei. Die würden mich nicht einfach so reinspazieren lassen. Da zog ich die eine Karte, die ich eigentlich nicht spielen wollte.

„Ist Amanda verfügbar?", fragte ich.

„Haben Sie einen Termin?"

Mir war nicht bewusst, dass ich einen bräuchte. „Ich bin ihre Schwägerin."

- „Oh, okay." Carolyn lächelte. „Ich gebe ihr Bescheid, dass Sie hier sind."

- „Danke." Ich wartete und lehnte mich gegen den Tresen, während Carolyn Amandas Durchwahl wählte, um ihr mitzuteilen, dass sie Besuch hatte. „Sie kommt gleich raus." Sie lächelte mich an, die Lachfältchen in ihren Augenwinkeln waren tief. Ihr roter Lippenstift war längst verblasst, und sie wirkte jetzt müde, als ob der Tag lang gewesen war und sie nur noch ein Glas Wein, ein gutes Buch und ihre Katzen wollte.

„Wie kommst du zurecht?", fragte ich. „Mit Giannas Tod", fügte ich zur Klarstellung hinzu.

Ihr Mund verzog sich nach unten, und sie sah niedergeschlagen aus. „Ich kann nicht glauben, dass sie weg ist", gab sie zu, ihre Augen füllten sich mit Tränen. „Dass ich sie nie wieder durch diese Tür walzen sehen werde, ein Wirbelwind von Aktivität und einfach... Energie."

- „Sie war in letzter Zeit aber nicht so beschäftigt, oder? Ich höre, sie hat nicht viele Klienten angenommen."

- „Ich weiß, sie hatte irgendein großes Projekt, das ihre Zeit in Anspruch nahm, also nein, nicht so viele persönliche Klienten, aber die Kanzlei selbst ist so geschäftig wie eh und je."

Die Tür hinter der Rezeption öffnete sich, und

Amanda steckte ihren Kopf durch. „Oh, hallo! Hab nicht erwartet, dich zu sehen. Komm rein."

Ich winkte Carolyn zum Abschied zu, als ich vorbeiging, und folgte Amanda ins innere Heiligtum. „Ich konnte nicht mit dir sprechen, als du heute Morgen hier warst", sagte Amanda.

„Ja, ich war mit offiziellen Polizeiangelegenheiten beschäftigt. Tut mir leid."

- „Ist das der Grund, warum du jetzt hier bist?"

Ich runzelte die Stirn. „Was? In offizieller Polizeiangelegenheit? Nicht wirklich." Weder der offizielle noch der polizeiliche Teil stimmte.

Sie deutete auf einen Stuhl vor ihrem Schreibtisch, und ich setzte mich, während Amanda hinter dem Schreibtisch Platz nahm. Da bemerkte ich es. Die Brautzeitung, die dort lag und mich verhöhnte. „Was ist das?", ich zeigte darauf.

„Oh, ich weiß, dass ich etwas vorgreife, aber ich konnte nicht widerstehen, einen kleinen Blick darauf zu werfen, was gerade in der Brautkleidmode angesagt ist."

Oh je. Zeit, das im Keim zu ersticken. „Du solltest wissen, dass ich einen Hochzeitsplaner engagiert habe." So. Das Pflaster abgerissen. Ich erwartete Schock, Entsetzen, Wut und Enttäuschung. Ich erwartete nicht das strahlende Lächeln.

„Das ist fantastisch. Und sehr klug." Sie nickte begeistert. „Wie heißt er oder sie? Ich werde meine Ideen mit dieser Person abstimmen."

- „Oh. Ähm. Das ist Seb. Sebastian Castle, mein Nachbar."

Sie erstarrte für einen Moment, dann nahm sie ihr Handy und tippte. „Ich wusste nicht, dass er Hochzeitsplaner ist. Ich dachte, er wäre Lehrer."

- „Ist er auch. Aber hast du den Typ gesehen? Er hat... *Stil*."

- „Bist du sicher, dass du ihn nicht ausgewählt hast, weil er Castle heißt, und du von dieser alten Fernsehserie besessen bist?"

- „Natürlich nicht. Das wäre lächerlich." Ich *hatte* allerdings beschlossen, dass Seb und ich deswegen beste Freunde werden würden.

Sie hielt inne. „Gehen wir immer noch Kleider shoppen?"

Ich kaute an meiner Lippe. „Lass mich das kurz mit Seb abklären. Er hat einen Flyer an meiner Tür hinterlassen – irgendwas über eine Brautmesse in der Stadt?"

Amanda klatschte vor Freude in die Hände. Ich starrte sie entsetzt an. Die Amanda, die ich kannte, verhielt sich nicht so. Sie war zurückhaltend. Sittsam. Anständig. Sie sprach, als hätte sie einen

Pflaumenkern im Mund und ging, als hätte sie einen Stock im... ihr versteht schon. Sie klatschte nicht wie ein dreijähriges Kind an Weihnachten vor Freude in die Hände. Und schon gar nicht klatschte sie vor Freude über irgendetwas, das mit *moi* zu tun hatte.

Zeit, das Thema zu wechseln. „Jedenfalls bin ich deswegen nicht hergekommen."

„Oh, was ist los?"

- „Es geht um Gianna." Ich senkte meine Stimme und schaute mich im Großraumbüro um, da ich nicht belauscht werden wollte.

„Was ist mit ihr?" Amanda passte sich meinem Ton an.

„Es wurden belastende Beweise am Tatort gefunden."

- „Erzähl weiter."

- „Die die Ermittlungen auf einen von-"

„Einen von uns lenken? Ich vermute, du kannst mir nicht sagen, was das für Beweise sind?"

Ich schüttelte den Kopf.

„Wie kann ich helfen?"

- „Du bist die einzige, von der ich hundertprozentig weiß, dass sie es nicht getan hat." Zum Glück konnte sie nicht sehen, dass ich unter dem Tisch die Finger kreuzte. „Du und Dustin. Aber ich wollte dich nach einigen deiner Kollegen fragen. Mögliche Motive, so was in der Art."

- „Oh. Klar. Vielleicht sollten wir in einen Besprechungsraum gehen, hm?"

- „Gute Idee."

Sie nahm einen gelben Notizblock und führte mich in einen privaten Besprechungsraum mit einem runden Tisch und vier Stühlen. Nachdem wir beide Platz genommen hatten, schaute sie mich erwartungsvoll an.

„Fangen wir mit Carolyn an."

Amanda nickte. „Natürlich. Es ist logisch, dass sie eine Verdächtige ist. Sie hat die Leiche gefunden." Sie tippte mit ihrem Bleistift auf den Notizblock und dachte nach. „Was das Motiv angeht, fällt mir leider nicht viel ein. Carolyn ist glücklich in ihrem Job, soweit ich weiß. Sie macht ihre Arbeit auch verdammt gut, das kann ich dir sagen."

- „Also keine bösen Gefühle, als Chloe ins Team kam?"

Amanda verdrehte die Augen. „Oh, es gab anfangs durchaus Spannungen."

- „Spannungen? Ich dachte, Carolyn war nicht an der Office-Manager-Position interessiert?"

Amanda hörte auf, mit dem Bleistift zu tippen,

und neigte den Kopf zur Seite. „Was bringt dich darauf?"

- „Ich habe die Personalakten überprüft. Carolyn hat sich nicht beworben."

Das Tippen mit dem Bleistift begann wieder. „Ja, da gab es ein unglückliches Missverständnis." Sie legte den Bleistift weg und lehnte sich in ihrem Stuhl zurück. „Anscheinend hat Carolyn unter vier Augen mit Gianna über die neu geschaffene Stelle gesprochen. Gianna sagte ihr, sie müsse keine offizielle Bewerbung einreichen, sie würde sie trotzdem berücksichtigen."

- „Also wollte sie den Job *doch?*"

Amanda zuckte mit den Schultern. „Ich denke, vielleicht schon. Als Chloe ernannt wurde, stellte Carolyn Gianna zur Rede, die sagte, sie könne sich an kein solches Gespräch erinnern, weshalb sie gar nicht berücksichtigt wurde."

- „Autsch."

- „Ja. Dann, ich glaube nur um das Gesicht zu wahren, tat Carolyn so, als ob sie die Stelle nicht wirklich wollte und völlig zufrieden damit war, Rezeptionistin zu bleiben."

Das deckte sich mit dem, was Gianna mir bereits erzählt hatte. Carolyn muss es falsch verstanden haben, denn Gianna hatte sicherlich nicht gedacht, dass die ältere Frau nach einer Beförderung suchte. Aber aus Carolyns Perspektive war es ein gewaltiges Missverständnis.

„Außerdem ist das schon Monate her", wies Amanda hin. „Kaum ein Motiv, um jetzt irgendwelche Unzufriedenheit auszuleben."

Genau meine Gedanken. „Und was ist mit Chloe? Irgendwelche Beschwerden über Gianna?"

- „Keine einzige, die ich wüsste. Sie hat sich schnell eingelebt. Sie lernt schnell, ist freundlich und sympathisch. Sie hat ihre Probezeit ohne Probleme bestanden. Und sie arbeitet wirklich gut mit Carolyn zusammen. Die beiden verstehen sich gut und bilden ein großartiges Team, was den Verwaltungsbereich betrifft."

- „Das bringt mich zu Jack Ayers. Und seiner Frau, Caitlin."

- „Das dynamische Duo." Sie stützte ihr Kinn ab und war tief in Gedanken versunken. „Mir sind keine Probleme mit Gianna oder sonst jemandem in der Firma bekannt. Offensichtlich arbeiten sie gut zusammen – nicht alle Ehepaare tun das. Aber sie leben für ihre Jungs, Christian und Alexander."

- „Also kein Motiv, das dir einfallen würde?"

„Nein. Tut mir leid."

„Und alle waren die ganze Zeit im Ballsaal?"

Amanda seufzte. „Ich wünschte, ich könnte hundertprozentig sagen, dass sich niemand weggeschlichen hat, aber ehrlich gesagt könnten sie es durchaus getan haben. Ich war ja nicht übermäßig wachsam. Jemand könnte kurz auf die Toilette gegangen sein und nur ein oder zwei Minuten weg gewesen sein. Aber mir ist niemand aufgefallen, der gefehlt hat."

Mein Seufzen kam von Herzen. „Okay, danke."

Weißt du, was ich hasse? Sackgassen. Die sind sogar schlimmer als Spliss. Und ich war gerade in eine Sackgasse geraten.

Amanda schaute auf ihre Uhr, sammelte dann ihren Notizblock und Bleistift ein und stand auf. „Tut mir leid, aber es wird spät, und ich muss die Kinder von der Kita abholen. Wir können später zu Hause weitermachen, wenn du möchtest?"

Ich stand auf und schob meinen Stuhl zurück. „Ich komme vielleicht darauf zurück. Ich sage dir Bescheid, okay?"

- „Sicher." Sie begleitete mich mit einer Hand auf meiner Schulter aus dem Besprechungsraum. In mein Ohr flüsterte sie: „Falls jemand fragt, wir haben Hochzeitsplanung gemacht."

Ich unterdrückte das Stöhnen, das in meiner Kehle aufstieg und herauszubrechen drohte. Ich hatte das Gefühl, Amanda würde eine Bridezilla-Vertretung werden, und ich wusste überhaupt nicht, wie ich mit ihr umgehen sollte. Ich hatte gedacht, Seb als meinen Hochzeitsplaner einzustellen würde klare Grenzen setzen, aber stattdessen hatte sie die Idee mit Begeisterung aufgenommen. Ich dachte, ich schulde Seb wahrscheinlich eine Entschuldigung für die potenzielle Belästigung, die auf ihn zukommen würde.

Galloway war vor mir zu Hause. Nicht nur das, er kochte sogar! Habe ich schon erwähnt, wie sehr ich diesen Mann liebe?

„Was gibt's denn hier?", fragte ich, während ich von hinten meine Arme um seine Taille schlang. Ich lugte an ihm vorbei, um einen Blick in die Pfanne zu werfen.

„Hey." Er hielt kurz inne, um mir einen Kuss zu geben. „Ich weiß, dass du zwischen dem Gianna-Kram und dem Hochzeits-Kram wahrscheinlich nicht sehr gut gegessen hast in letzter Zeit, also dachte ich, ich koche was Leckeres und Gesundes."

Ich warf einen Blick Richtung Speisekammer, die glücklicherweise geschlossen geblieben war. Hatte er meinen Cheez-It-Vorrat gefunden? Alle anderen hatten ihn entdeckt. Ich sah kein Problem darin. Käse war gesund. So ungefähr.

„Danke, Schatz." Ich versuchte, die richtige Menge an Begeisterung und Dankbarkeit in meine Stimme zu legen. Es war nicht so, dass ich undankbar wäre. Es war nur, dass ich nicht noch jemanden brauchte, der mir wegen gesünderer Ernährung im Nacken saß. Es ging mir gut. Mein hoher Koffeinkonsum war in Ordnung. Meine Junk-Food-Besessenheit war in Ordnung.

Galloway brach in Gelächter aus. „Ich mache nur Spaß, du Gans. Als ob ich dich zwingen würde, gesund zu essen."

Ich boxte ihm in den Arm. „Das ist unfair. Also, was machst du da?"

Er trat zur Seite und enthüllte die Burger und den Speck, die in der Pfanne brutzelten. „Mmmm." Ich atmete tief ein. „Köstlich."

- „Geh dich waschen. Die sind gleich fertig."

- „Ja, Mama." Er klatschte mir für meine Frechheit auf den Hintern, aber ich ging brav ins Bad, um mir die Hände zu waschen und zu trocknen. „Wo sind Bandit und Thor?", rief ich.

„Hinten im Garten. Ich habe ihnen einen Leckerbissen mitgebracht."

Ich erledigte meine Sache im Badezimmer und zog mich auf die hintere Terrasse zurück, wo ich Thor und Bandit auf dem Rasen beobachtete.

„Was habt ihr da?", fragte ich sie.

„Ich habe Pekannüsse!", verkündete Bandit und hielt eine zwischen ihren Pfoten, um sie mir zu zeigen.

„Lecker." Ich grinste und genoss ihre Freude. „Und was ist mit dir, Thor?"

Thor wälzte sich in scheinbarer Ekstase auf dem Gras.

„Ich bin richtig besoffen", lallte er mit starkem britischen Akzent.

„Richtig besoffen? Was soll das überhaupt heißen?"

- „Ich glaube, er ist betrunken", sagte Bandit. „Er redet komisch und benimmt sich seltsam."

Nicht betrunken. High. „Hast du Katzenminze?", fragte ich den berauschten Kater.

„Ooooooh jaaaaaa." Er wälzte sich noch mehr, offensichtlich im siebten Himmel.

Als ich wieder hineinging, nahm ich das Glas Wein an, das Galloway auf der Theke bereitgestellt hatte.

„Du bist früh zu Hause." Ich rutschte auf den Hocker an der Frühstückstheke, trank meinen Wein, beobachtete meinen Mann beim Kochen und dachte daran, wie perfekt mein Leben war. „Ich dachte, du wärst mit diesem neuesten Beweisstück beschäftigt."

Er warf mir einen Blick über die Schulter zu, stocherte mit einem Pfannenwender in der einen Hand im Essen herum und hielt sein Weinglas in der anderen. „Kann ich davon ausgehen, dass du dasselbe getan hast? Wo warst du überhaupt? Bei Beasley, Tate und Associates?"

- „Gute Vermutung."

- „Und?"

Ich stieß einen Seufzer aus. „Nichts. Von meiner neuen Verdächtigenliste hat keiner ein Motiv. Ich schätze, sie hatten alle die Gelegenheit, aber niemand kann mit Sicherheit sagen, ob jemand den Ballsaal verlassen hat. Und bei dir?"

- „Also, die Forensik kam mit dem Abstrich zurück und hat ihn als Bühnenschminke identifiziert. Wir warten auf weitere Tests, um zu sehen, ob sie die Art bestimmen können, sogar versuchen, die Marke einzugrenzen."

- „Das können die?"

- „Sie können es versuchen, aber es könnte eine Weile dauern."

- „Und dann? Vergleicht ihr die Schminke von allen mit der Probe?"

- „Wenn es das braucht."

Ich begann, an meinen Fingern abzuzählen. „Wir wissen, dass Gianna regelmäßige Treffen mit Bradley Howard von Sante Law hatte. Sie rief auch regelmäßig das Athegate Memorial Hospital an -"

„War sie auch dort zu Besuch?", unterbrach mich Galloway. „Nicht nur am Telefon?"

- „Es würde Sinn ergeben, wenn sie es wäre", sagte ich. „Es ist in der Stadt, also vielleicht hat sie deshalb mit Sante Law zusammengearbeitet... weil sie ihren kranken Freund oder Verwandten im Krankenhaus besuchte, warum also nicht gleich einen örtlichen Anwalt für ihre Bedürfnisse nutzen?"

- „Ich verstehe immer noch nicht, warum sie sich nicht selbst um ihre Angelegenheiten gekümmert hat." Galloway stellte seinen Wein ab und legte die Burger-Patties auf die Brötchen, die er schon vorbereitet hatte. „Das Einzige, was mir einfällt, ist, dass sie persönlich einen Anwalt brauchte."

Ich sah ihn an, meine Gedanken überschlugen sich. „Vielleicht ist Gianna diejenige, die krank ist", flüsterte ich. „Aber sie wollte nicht, dass es jemand erfährt." Ich stellte mein Weinglas ab, ohne es umzustoßen – ein Wunder – und schob meinen Stuhl zurück. „Ich brauche Ben."

- „Er ist nicht hier?" Galloway machte die Burger fertig und schob einen der Teller vor mich hin.

„Jetzt bin ich da." Ben erschien neben ihm und legte seine Hand auf Galloways Schulter.

„Spürst du das nicht?", fragte ich Galloway, während mein Blick zwischen seiner Schulter und seinem Gesicht hin und her ging.

„Was spüren?" Er nahm seinen Burger und biss herzhaft hinein.

„Ben hat seine Hand auf deiner Schulter. Immer wenn er mich berührt, habe ich dieses eiskalte Gefühl. Unmöglich zu übersehen."

- „Nee, tut mir leid", sagte er mit vollem Mund. „Sorry, Ben."

„Kein Problem, Mann." Ben klopfte ihm auf den Rücken und stellte sich dann uns gegenüber. „Was gibt's?"

- „Kannst du die Patientenakten im Athegate Memorial Hospital überprüfen, um zu sehen, ob Gianna dort Patientin war?"

- „Klar. Ist dein Computer an?"

- „Jep."

Ben machte sich an die Arbeit, während

Galloway und ich uns die besten Burger reinstopften, die ich je gegessen hatte. Es war praktisch, seine übernatürlichen Fähigkeiten zu haben, das steht fest. Er griff auf Akten zu, zu denen ich ohne fremde Hilfe niemals Zugang bekommen hätte. Das brachte mich auf eine weitere Idee.

„Hey!", rief ich, was Galloway zusammenzucken ließ und er sich ans Ohr fasste.

„Entschuldige", flüsterte ich. „Ben ist im Büro, und mir ist gerade noch etwas eingefallen, wobei ich seine Hilfe brauche."

- „Beim nächsten Mal bitte vorwarnen." Galloway schauderte und klopfte sich gegen den Kopf. Als ob meine Stimme so laut gewesen wäre! Pft.

„Ben", rief ich mit mäßig leiserer Stimme. „Kannst du auch in Harry Watts' Finanzen schauen? Ich will wissen, woher er das Geld für die Miete seines neuen Fitnessstudios hat."

- „Klar", rief Ben zurück.

„Recherchierst du immer noch über Harry? Er hat ein wasserdichtes Alibi. Er ist nicht unser Mörder."

- „Nein, ich weiß. Ich will es nur für mich selbst wissen, weil es keinen Sinn ergibt. Es ist ein Rätsel, das gelöst werden muss. Die Bank hat ihm das Geld nicht geliehen, also woher kam es? Dealt er mit Drogen? Verkauft er gefälschte Kunst?"

- „Vielleicht hat ihm jemand anderes das Geld geliehen."

- „Wie ein Kredithai?" Gefährliches Terrain für Harry Watts, wenn das der Fall wäre. Verpasse eine Zahlung und du findest dich wahrscheinlich mit einer oder zwei gebrochenen Kniescheiben wieder.

„Du gehst immer gleich vom Schlimmsten aus." Galloway stupste mich mit seinem Ellbogen an, ähnlich wie Ben es tut, nur war seine Berührung warm und fest, und ich rutschte fast vom Hocker. „Vielleicht hatte Harry Watts eine unerwartete Erbschaft und ist auf legalem Weg an das Geld gekommen?"

- „Das ist nicht dein Ernst, oder?" Ich schnaubte und richtete mich wieder auf. „Außerdem kann das nicht sein. Warum hat er am Samstag beim Mittagessen mit Gianna über den Kredit gestritten, wenn er den Mietvertrag bereits unterschrieben hatte und schon Sachen einräumte?"

Galloway aß seinen Burger auf, die Wangen ausgebeult. „Guter Punkt", nuschelte er mit vollem Mund. Zumindest glaube ich, dass er das sagte.

„Ihr solltet euch das mal ansehen!", rief Ben.

Ich legte meinen halbgegessenen Burger ab und stand auf. „Komm", sagte ich zu Galloway. „Ben hat etwas gefunden."

Und wie er etwas gefunden hatte. Auf dem Monitor war eine Patientenakte vom Athegate Memorial Hospital zu sehen. Galloway und ich beugten uns vor, um sie zu lesen.

„Es ist Giannas", sagte er.

„Ja... oh Mann."

- „Astrozytom", bestätigte Ben. „Das ist ein Glioblastom multiforme Grad IV."

- „Was ist das?", fragte ich.

„Hirntumor", antworteten Ben und Galloway gleichzeitig.

„Diagnostiziert vor sechs Monaten." Galloway las weiter. „Keine Behandlung. Sie wurde angeboten, aber sie hat abgelehnt. Sie war unheilbar krank."

- „Warum eine Behandlung ablehnen?", fragte ich mich.

„Möglicherweise, weil die Behandlung unangenehm ist, ganz zu schweigen von den Nebenwirkungen. Möglicherweise schlimmer als die Krankheit selbst. Und wenn du unheilbar krank bist, musst du Lebensqualität gegen Lebensquantität abwägen."

„Steht da, wie lange sie ihrer Meinung nach noch hatte?", fragte ich.

„Höchstens ein Jahr", sagte Ben.

„Ein Jahr. Kannst du dir das vorstellen? Wie verkraftet man es, zu erfahren, dass man innerhalb eines Jahres tot sein wird? Die arme Frau."

- „Der Tod kommt zu uns allen", sagte Ben ernst. „Ob du ihn kommen siehst oder nicht."

- „Tut mir leid, Ben, ich wollte nicht-", begann ich, aber er unterbrach mich.

„Alles gut, Fitz. Ich weiß, dass du nichts damit meintest. Aber du hast Recht. Krebs ist scheiße, egal wie man es betrachtet."

- „Also hat sie nicht einer Freundin geholfen, ihre Angelegenheiten zu regeln. Sie hat sich auf ihr eigenes Ableben vorbereitet", sagte Galloway. „Daher der Anwalt."

- „Natürlich."

„Wenn du mit dem Lesen fertig bist, überprüfe ich wie gewünscht Harry Watts' Finanzen." Ben zeigte auf den Bildschirm, und ich winkte ihm zu, fortzufahren.

„Klar, mach ruhig." Ich wandte mich an Galloway: „Du glaubst nicht, dass Gianna sich selbst umgebracht hat, oder?"

- „Meinst du, ob sie zu ihren eigenen

Bedingungen gestorben ist, anstatt zu warten, bis der Tumor ihren Körper zerstört? Leider nein, in diesem Fall. Der Winkel der Stichwunde macht es unmöglich, sie sich selbst zuzufügen. Das und die Tatsache, dass die Mordwaffe zurückgeblieben wäre. Nein, das war kein Selbstmord. Jemand hat sie erstochen und was auch immer zum Mord benutzt wurde, mitgenommen."

- „Was, wenn sie jemanden angeheuert hat, um sie zu töten? Selbstmord durch eine andere Person."

- „Dann wäre es trotzdem Mord. Und ehrlich gesagt, wenn du einen Freund überreden würdest, dir beim Sterben zu helfen, würdest du dich nicht erstechen lassen. Du würdest eine Überdosis nehmen und im Schlaf hinübergleiten."

- „Sterbehilfe." Ben nickte. „Davon habe ich gehört. Und Galloway hat recht. Man würde sich nicht fürs Erstechen entscheiden. Das tut weh."

- „Und Gianna war noch nicht an diesem Punkt. Sie war noch funktionsfähig. Wenn sie sterben wollte, war sie durchaus in der Lage, es selbst zu tun."

- „Beides gute Argumente." Also waren wir uns einig, dass Gianna ermordet wurde. Wir waren dem Täter trotz der Erkenntnis ihrer Krebserkrankung noch nicht näher gekommen. Es erschien unglaublich unfair, dass ihr die letzten guten Monate genommen wurden. Es erklärte auch ihr unberechenbares geisterhaftes Verhalten. Der Tumor manifestierte sich im Jenseits auf ungewöhnliche Weise.

„Ich frage mich, ob sie sich überhaupt daran erinnert, dass sie krank war", sagte ich zu niemandem im Besonderen. „Sonst hätte sie es mir sicherlich erzählt."

- „Ich kann mir nicht einmal ansatzweise vorstellen, wie es für dich ist, täglich mit Geistern umzugehen", sagte Galloway, legte seine Finger um meinen Nacken und massierte die Spannung weg, die er dort fand. „Und nach dem, was du mir erzählt hast, scheint Gianna eine ziemliche Herausforderung zu sein, was am Tumor liegen könnte. Oder vielleicht ist es einfach ihr Wesen."

- „Unmöglich zu sagen, bis wir sie fragen", sagte Ben. „Hier. Schaut. Harry Watts' Bankkonto."

Ich lenkte Galloways Aufmerksamkeit auf den Bildschirm. „Sieh mal. Wow. Letzte Woche wurden hunderttausend Dollar auf Watts' Konto eingezahlt. Da steht internationale Einzahlung. Kannst du das zurückverfolgen?"

- „Gib mir ein paar Minuten. Ich sehe nach, ob ich den Pfad verfolgen kann." Der Bildschirm flackerte und schimmerte, während Ben sein Ding machte und der Metaspur der Banktransaktion folgte.

„Ich bin mir nicht einmal sicher, ob man das als illegal bezeichnen kann", sagte Galloway, während er den statischen Monitor beobachtete. „Du tust eigentlich nichts. Das ist alles Ben. Und er ist nicht-lebend, also... wir bewegen uns definitiv in einer Grauzone."

- „Wieso? Denkst du darüber nach, mich bei den Bullen zu verpfeifen?", neckte ich ihn.

„Nein, ich versuche mir vernünftige Erklärungen auszudenken, um meinen eigenen Hintern zu retten, falls irgendetwas davon jemals vor Gericht benötigt werden sollte."

- „Glaubst du, das Geld ist schmutzig?"

- „Internationale Einzahlung? Das klingt nicht gut. Ich denke an Drogengelder, die über ein Offshore-Bankkonto gewaschen wurden."

- „Nun, dann liegst du falsch", mischte sich Ben ein. „Dieses Geld wurde zwar über ein Offshore-Konto geleitet, stammt aber ursprünglich von einem Treuhandkonto der Kanzlei Sante Law."

Ich schnappte nach Luft. „Was?"

- „Was ist los?", fragte Galloway.

„Dieses Geld!", ich zeigte auf den Bildschirm. „Es

kam von einem Treuhandkonto von Sante Law. Dort, wo Giannas Anwalt, Bradley Howard, arbeitet." Ich wandte mich an Ben. „Glaubst du, du könntest Gianna finden und sie herbringen? Es wäre einfacher, wenn ich sie direkt fragen könnte."

Er zuckte mit den Schultern. „Klar." Und er verschwand.

„Hier ist sie." Ben kehrte eine halbe Stunde später zurück, Gianna im Schlepptau. Diesmal trug sie einen türkisfarbenen Playsuit mit einer passenden langen Strickjacke, die um ihre Knöchel schwang, als sie ging. Atemberaubend und stilvoll wie immer.

„Du wolltest mich sehen?", fragte sie. Wir hatten uns ins Wohnzimmer zurückgezogen und genossen ein weiteres Glas Wein, während wir darüber nachdachten, wer Gianna getötet hatte. Wir hatten immer noch keinen konkreten Verdächtigen, und das ärgerte uns. Es gelang uns, ein Bild von Giannas Leben zusammenzusetzen, aber nicht von ihrem Mörder.

„Gianna", sagte ich, lauter als nötig, um Galloway

darauf aufmerksam zu machen, dass wir ihren Geist bei uns hatten. „Wir haben gehört, dass du krank warst. Ein Astro..." Ich verstummte und versuchte mich an den Namen ihres Krebses zu erinnern.

„Astrozytom", warf Galloway ein.

„Ja, genau. Ein Astrozytom. Erinnerst du dich daran?"

Sie setzte sich in den Sessel, den sie zuvor eingenommen hatte, schlug die Beine übereinander und sah mich an. „Weißt du, jetzt wo du es erwähnst, ja, ich glaube, da war etwas."

- „Wurdest du von einem Arzt im Athegate Memorial Hospital betreut?"

Ihr Gesicht hellte sich auf. „Aber ja. Ja, wurde ich. Oh, er war ein netter Kerl. Wie war sein Name noch gleich? Doktor Thomas Murray."

- „Und hast du eine Behandlung bekommen?"

Sie schüttelte den Kopf. „Nein. Ich ging jeden Monat hin für einen Scan, um meinen Fortschritt zu verfolgen und um Optionen für die Palliativversorgung und den Sterbeprozess zu besprechen, solche Sachen."

- „Warum keine Behandlung?"

Sie schnaubte. „Ich habe einen unheilbaren Hirntumor. Warum sollte ich mich einer Behandlung unterziehen? Eine Operation war keine

Option. Er war inoperabel, mit Tentakeln dieses Biestes, die sich durch mein Gehirn schlängelten. Sie würden mehr Schaden anrichten als nutzen. Chemo? Das Zeug ist giftig und würde mich todkrank fühlen lassen, und es würde mich nicht heilen, nur das Unvermeidliche hinauszögern. Dasselbe gilt für die Bestrahlung. Meine Haut verbrennen, meine Haare verlieren, für was? Ein paar elende zusätzliche Wochen oder Monate? Nein, danke."

- „Was sagt sie?", flüsterte Galloway mir ins Ohr.

„Ich erzähle es dir später", flüsterte ich zurück. Zu Gianna sagte ich: „Erzähl uns von deinem Anwalt. Bradley Howard. Du hast ihn jedes Mal besucht, wenn du für deine medizinischen Termine in die Stadt gefahren bist, oder?"

- „Ja, er ist auch ein guter Mann. Ich habe meine Patientenverfügung erstellt, was mit meinem Nachlass nach meinem Tod geschehen sollte. Du weißt schon. Das Übliche."

- „Ist das der Grund, warum du Harry hunderttausend Dollar gegeben hast? Und warum du den Kredit nicht unterschrieben hast, weil er ihn offensichtlich nicht mehr brauchte? War das, worüber ihr gestritten habt?"

Sie lächelte. „Mein Vertrauen in dich war nicht

fehl am Platz. Du hast alle meine Geheimnisse gefunden."

Ich schnaubte. „Kaum. Aber bitte", ich winkte mit der Hand, „fahr fort."

- „Ja, ich habe Harry das Geld geschenkt. Warum bis zu meinem Tod warten, wenn er es jetzt gebrauchen könnte? Und ja, wir haben gestritten. Nur weil Harry mit den damit verbundenen Bedingungen nicht zufrieden war. Insgesamt beträgt sein Erbe von mir fünfhunderttausend Dollar. Hunderttausend im Voraus. Der Rest wird ihm nach meinem Tod jährlich ausgezahlt."

- „Warum gibst du ihm nicht gleich den ganzen Batzen?"

Sie lachte. „Weil der Mann keinen Geschäftssinn hat und es für dumme Dinge ausgeben würde. Ich wusste, dass er eine Injektion von ernsthaftem Kapital brauchte, wenn er dieses Vorhaben erfolgreich auf die Beine stellen wollte. Das Geld kommt mit Bedingungen, wie ich schon sagte. Er muss die Dienste eines Unternehmensberaters in Anspruch nehmen – überprüft von Bradley."

- „Ahh, jetzt ergibt das Sinn." Ich drehte mich zu Galloway und wiederholte, was sie mir erzählt hatte.

„Clever." Galloway nickte anerkennend.

„Deshalb haben Sie keine neuen Klienten

angenommen, oder? Weil Sie krank waren. Warum haben Sie zugestimmt, June zu vertreten?"

„Die Zustimmung, June zu vertreten, war einer der Gründe, warum ich erkannte, dass der Tumor mein Urteilsvermögen beeinflusste. Ich würde meinen Klienten einen schlechten Dienst erweisen, wenn ich weiter neue annehmen würde. Sehen Sie, es war ihr Hund. Ihr Hund hat mich überzeugt, und so wähle ich normalerweise meine Klienten nicht aus. Es war ein frühes Warnsignal."

- „Eins, das Sie klug genug waren zu erkennen."

Sie neigte ihren Kopf. „Ich wollte nicht, dass es sich herumspricht. Ich würde es den Leuten sagen, wenn ich bereit wäre. Also ließ ich Jack die meiste Arbeit erledigen, während Caitlin die Gerichtsdokumente vorbereitete. Und wenn ich nicht gesund genug wäre, um vor Gericht zu erscheinen, oder wenn ich das Gefühl hätte, dass ich June einem Risiko aussetzen würde, würde Jack einspringen."

- „Aber er wusste nicht, dass Sie krank waren?"

- „Nein. Alle denken, ich habe dieses große Projekt in der Stadt, das meine ganze Zeit und Aufmerksamkeit beansprucht."

- „Das große Projekt ist also Ihr Gehirntumor, nehme ich an."

- „Genau." Ein Glas Wein materialisierte sich in ihrer Hand, und sie nahm einen Schluck. „Dann war da noch dieser dumme Erpressungsversuch."

- „Oh! Ich kann nicht glauben, dass ich es dir noch nicht erzählt habe! Wir haben ihn gefasst."

- „Wirklich?"

- „Ja. Es war, von allen Leuten, Adam Harris. Dein Ruf als knallharte Anwältin war zu viel für ihn. Er wusste, dass er den Fall verlieren würde, aber er dachte, wenn er dich mit dieser Erpressungssache ablenken könnte, würdest du entweder den Fall an jemand anderen abgeben oder einfach verlieren, weil du nicht bei der Sache wärst."

Sie warf ihren Kopf zurück und lachte, lang und laut. „Oh, wenn er nur wüsste."

- „Ja, oder?" Ich grinste. „Aber falls es dich tröstet, ich glaube, er hat es bereut, sobald er es getan hatte, und hatte nicht die Absicht, es durchzuziehen. Er hatte keine Nacktfotos von dir."

- „Ich würde dir ja einen Scheck für deine Dienste ausstellen, aber du weißt schon..." Sie winkte mit der Hand, deutete auf ihr körperloses Selbst und lachte wieder.

„Jetzt müssen wir nur noch deinen Mörder finden."

Es war ernüchternd. Wir hatten so viel von

Giannas Rätsel entwirrt, aber dieses letzte Stück? Es fehlte, und bis es gefunden wurde, würde sie nicht in der Lage sein, hinüberzugehen und Frieden zu finden.

„Gianna?", meldete sich Galloway plötzlich zu Wort, was mich zusammenzucken ließ, da ich nicht erwartet hatte, dass er sich in das Gespräch einmischen würde. „Erinnern Sie sich, was mit Ihrem Handy passiert ist? Hatten Sie es bei der Party am Samstagabend, in Ihrem Haus, bei sich? Haben Sie es vielleicht mit nach oben genommen, als Ihre Kette gerissen ist?"

- „Schätzchen", sagte sie gedehnt, „ich habe *immer* mein Handy dabei. Es liegt auf meinem Nachttisch, wenn ich schlafe, und ist entweder in meiner Hand oder in meiner Handtasche, wenn ich wach bin."

- „Sie sagt ja", flüsterte ich aus meinem Mundwinkel. „Sie hat es immer bei sich."

- „Ben?", fragte Galloway, und ich zeigte bereitwillig dorthin, wo Ben stand. Galloway drehte sich in seine Richtung. „Könnest du Giannas Handy finden? Wir hatten kein Glück, es muss also ausgeschaltet sein oder der Akku ist leer, was bedeutet, dass wir das Signal nicht orten können. Kannst du das?"

Ben schüttelte den Kopf. „Nee, Mann. Ich

brauche ein funktionierendes Gerät. Wenn es ausgeschaltet ist, könnte es genauso gut ein Ziegelstein sein."

- „Er sagt nein. Wie ihr Leute auch braucht er ein eingeschaltetes Gerät, um darauf zugreifen zu können."

- „Okay, Gianna, Sie müssen nachdenken." Galloway wandte seine Aufmerksamkeit dem Sessel zu. „Was haben Sie zuletzt mit Ihrem Handy gemacht?"

Sie tippte mit einem manikürten Finger gegen ihre Lippen. „Mal sehen. Ich erinnere mich, dass meine Kette kaputt ging und ich verärgert war. Ich ging nach oben, um sie sicher aufzubewahren. Ich holte eine andere Kette heraus und hielt sie an meine Brust, um zu sehen, ob sie zu meinem Kleid passte."

Das war neu. Sie hatte das vorher nicht erwähnt. Ich hielt meine Lippen verschlossen, damit ich ihren Gedankengang nicht störte und sie die Erinnerung verlor.

„Ich erinnere mich, dass ich ein Selfie gemacht habe", sagte sie. „Meine Augen – sehen Sie, manchmal kann ich nicht so gut sehen. Ein Teil des Tumors drückt auf meinen Sehnerv, und ich konnte im Spiegel nicht erkennen, ob die Kette gut aussah oder nicht. Aber mit einem Selfie kann ich das Bild vergrößern."

Ich war beeindruckt. „Clever", ermutigte ich sie.

„Danke." Sie strahlte, erfreut über das Lob. „Also ja, ich stand vor dem Spiegel, mit dem Rücken zur Tür, aber ich konnte mein Spiegelbild nicht sehr gut sehen, also machte ich ein Selfie. Da kam Carolyn herein."

- „Carolyn?" Ich schoss hoch, mit steifem Rückgrat.

„Carolyn?", wiederholte Galloway in mein Ohr.

„Ja", zischte ich. „Gianna hat ein Selfie gemacht, um zu sehen, ob die Ersatzkette, die sie ausgewählt hatte, zu ihrem Kleid passte, und dann tauchte Carolyn auf."

- „Was passierte dann?", fragte Ben.

Gianna seufzte und schüttelte den Kopf. „Wisst ihr, Carolyn war wirklich nicht sie selbst. Sie war wütend."

- „Wütend? Worüber?"

- „Das verstehe ich eben nicht. Sie schimpfte darüber, dass ich jemand anderen eingestellt hätte, dass sie die Chance auf eine weitere Beförderung verpassen würde, und wie ich es wagen könnte, ihr das wieder anzutun, und ob ich sie nicht als Freundin und Angestellte schätzte."

- „Haben Sie das? Jemand anderen eingestellt?"

- „Nein, natürlich nicht! Warum sollte ich? Wenn überhaupt, dann hätte Felix vielleicht einen weiteren Anwalt einstellen wollen, um meine Abwesenheit zu überbrücken, aber das war seine Entscheidung, nicht meine. Außerdem wusste Felix nicht, dass ich krank war, noch wusste er, dass ich meinen Anteil am Geschäft ihm vermacht hatte, also gab es keine Möglichkeit, dass Carolyn das wissen konnte."

- „Also war sie *wirklich* wütend, als du Chloe eingestellt hast?"

Gianna nickte. „Da habe ich zum ersten Mal gedacht, dass etwas nicht stimmt. Denn Carolyn hat hoch und heilig geschworen, dass wir ein Gespräch darüber geführt hätten, dass sie Büromanagerin werden würde und wir eine neue Rezeptionistin einstellen würden, und anscheinend war ich damit einverstanden, aber ich kann mich überhaupt nicht an dieses Gespräch erinnern."

- „Und du glaubst nicht, dass Carolyn gelogen hat?"

Sie schüttelte den Kopf. „Absolut nicht. Carolyn ist seit dem allerersten Tag dabei, an dem wir eröffnet haben. Nein, leider lag diese Gedächtnislücke bei mir. Das war das erste Mal, dass ich dachte, etwas könnte nicht stimmen, aber ich dachte nicht an einen Hirntumor. Ich dachte eher an Demenz oder so was? Mit der Zeit traten weitere Symptome auf. Kopfschmerzen. Geruchs- und Geschmackssinn. Essen, das ich liebte, roch plötzlich widerlich. Also bin ich zu einem Arzt in der Stadt gegangen. Ich wollte nicht, dass irgendjemand in Firefly Bay erfährt, dass ich meinen Verstand verliere."

- „Also hast du, weil du dich nicht daran erinnert hast, Carolyn den Job als Büromanagerin zugesagt zu haben, die freie Stelle ausgeschrieben, Vorstellungsgespräche geführt und schließlich Chloe eingestellt. Du hast Carolyn nicht gefragt, warum sie sich nicht beworben hat?"

Sie zuckte mit den Schultern. „Nein. Ich dachte, wenn sie den Job wollte, hätte sie eine Bewerbung eingereicht oder zumindest mit mir darüber gesprochen. Glaub mir, ich fühlte mich schrecklich deswegen. Zu Weihnachten habe ich ihr einen zusätzlichen Bonus gegeben, um es wiedergutzumachen."

- „Aber du hast ihr nie gesagt warum? Warum du dich nicht erinnern konntest?"

- „Nein." Sie seufzte schwer. „Eine Fehlentscheidung meinerseits, aber zu meiner

Verteidigung: Mein Verstand war nicht mehr mein eigener."

- „Erinnerst du dich daran, dass sie dich erstochen hat?"

Gianna sah mir direkt in die Augen. „Nein. Und weißt du was? Ich bin froh darüber. Ich bin dankbar, dass das nicht die letzte Erinnerung ist, die ich an sie habe. Wir waren Freunde. Es tut mir schrecklich leid, dass ich sie dazu getrieben habe."

Ich drehte mich zu Galloway. „Wir müssen mit Carolyn sprechen."

- „Ich vermute, ich werde einen Durchsuchungsbefehl brauchen."

- „Richtig. Es sei denn, sie gesteht natürlich."

- „Ich komme auch mit!", erklärte Gianna, stand auf und hakte sich bei Ben ein, während sie zu meinem Auto gingen.

In dem Moment, als sie die Tür öffnete und Galloway mit seinem Dienstausweis bereit sah, wusste Carolyn Wells, dass sie erwischt worden war. Sie trat zurück, ließ die Tür offen und sagte: „Sie sollten reinkommen."

- „Ist ihr Haus nicht wunderschön?", schwärmte

Gianna, als sie hineinging und direkt durch mich hindurchlief, was mein Herz in meiner Brust erstarren ließ. Ich keuchte und krümmte mich, während ich darauf wartete, dass der Schock vorüberging.

„Alles in Ordnung?", flüsterte Galloway und griff nach meinem Ellbogen, falls ich nach vorne auf den Boden kippen würde.

„Urgh", versicherte ich ihm.

„Ich sehe mich mal um", sagte Ben und schob sich an mir vorbei, damit ich keine zweite Dosis erhielt.

„Ich liebe einfach diesen malerischen Küstenlandstil, den sie geschaffen hat", schwärmte Gianna, während sie von einem Gegenstand zum anderen huschte. „Aber klein."

Carolyns Cottage war tatsächlich sowohl lieblich als auch klein. Geschmackvoll im Strandthema dekoriert, wie Gianna bereits erwähnt hatte. Zwei Katzen lagen schlafend auf der Rückenlehne des Sofas, und ich erinnerte mich, dass mir jemand erzählt hatte, Carolyn liebe Lesen und Katzen.

„Ich nehme an, Sie sind hier, um mich zu verhaften?", fragte Carolyn und streckte beide Handgelenke aus, bereit für die Handschellen. Ich warf Galloway einen Blick zu und fragte mich, ob er nachgeben und ihr Handschellen anlegen würde. Er tat es nicht. Er deutete auf einen Stuhl und forderte sie auf, sich zu setzen.

„Erklären Sie mir, was passiert ist."

- „Ich wollte sie nicht töten", flüsterte sie, holte zitternd Luft, Tränen füllten ihre Augen und liefen über, rannen ihre Wangen hinunter und hinterließen Mascarastreifen. Da fiel es mir ein. Der schwarze Make-up-Fleck in Giannas Umkleidekabine. Ich hatte diesen schwarzen Fleck schon einmal auf Carolyns Handrücken gesehen. Das aufgemalte Tag-der-Toten-Skelett. Mir war aufgefallen, dass es verschmiert war, als alle im Ballsaal versammelt waren, aber ich hatte es darauf geschoben, dass sie sich die Hände rang. Der Beweis war die ganze Zeit da gewesen, nur hatte ich nicht begriffen, was er bedeutete.

„Aber ich war so wütend, und es war ihr völlig egal!"

- „Worüber?", fragte ich.

„Sie wollte jemand anderen einstellen! Es war kein Anwalt, sonst hätte ich davon gewusst, aber nein, ich hatte es selbst gesehen, und als sie sagte, sie stelle niemanden ein, wusste ich, dass sie log, und ich... ich sah einfach rot."

- „Wann war das? Wann haben Sie

herausgefunden, dass sie jemand anderen einstellen wollte?"

- „Freitag. In ihrem Büro. Sie sagte, es gäbe Post, die raus müsste, und Jessica hatte Mittagspause – normalerweise bringt sie Giannas Post zum Empfang – also dachte ich, ich gehe kurz rein und hole sie. Ihr Terminkalender lag aufgeschlagen auf dem Schreibtisch, ich wollte nicht schnüffeln, aber ich sah es dort und konnte es nicht mehr ungesehen machen."

Oh, du meine Güte! Ich wusste, was sie gesehen hatte.

„Audrey einstellen. Genau dort, im Kalender. Sehen Sie selbst nach."

Galloway warf mir einen Blick zu und machte eine schneidende Bewegung über seiner Kehle, was bedeutete, halt den Mund, sag kein Wort. Ich presste meine Lippen so fest wie möglich zusammen, so fest, dass sie praktisch verschwanden.

„Was geschah als Nächstes?"

- „Ich konfrontierte sie damit, und sie stritt alles ab. Sie log mich an. Schon wieder! Ich konnte es nicht glauben." Sie weinte jetzt lauter, die Tränen waren nicht mehr still, sondern lange, laute Schluchzer, die von ihrem Schmerz zeugten.

„Oh, Liebes", versuchte Gianna sie zu trösten,

aber Carolyn hatte keine Ahnung, dass die andere Frau da war.

„Ich sagte mir, ich solle eine Nacht darüber schlafen. Mich beruhigen. Sie noch einmal ansprechen, wenn ich klarer denken könnte."

- „Also sind Sie ihr in der Partynacht in ihr Schlafzimmer gefolgt."

- „Nein. Ich habe im Ballsaal mit ihr gesprochen. Aber wieder hatte sie keine Ahnung, wovon ich redete. Sie sagte, sie stelle niemanden ein und wir hätten genug Personal. Aber ich *sah* es. In ihrem Kalender. *Audrey einstellen.* Sie behauptete, sie kenne niemanden namens Audrey."

- „Oh, nein", flüsterte Gianna und bedeckte ihren Mund mit der Hand. Sie warf mir einen verzweifelten Blick zu. „Ich hätte es nicht so weit kommen lassen sollen. Ich hätte es ihnen sagen sollen."

Ich zuckte mit den Schultern, unfähig, ihr zu antworten.

„Ich war... ich *bebte* vor Wut. Als dann ihre Kette riss und sie nach oben ging, um sie zu wechseln, schnappte ich mir den Eispickel von der Bar und folgte ihr."

Ich saß wie erstarrt da, halb fasziniert, halb

entsetzt. Gianna ließ sich neben mir nieder und fühlte offenbar ähnlich, wenn man ihren Gesichtsausdruck richtig deutete. Sie drehte sich zu mir. „Weißt du, ich dachte wirklich, es wäre nur ein zufälliger Kleinkrimineller gewesen, der mich wegen irgendeiner vermeintlichen Ungerechtigkeit getötet hat. Möglicherweise der dumme Erpresser. Ich hätte nie gedacht, dass es jemand aus meiner Familie war. Ach, arme Carolyn, sie muss so verletzt gewesen sein von meinem Verhalten, zu denken, dass ich ihr das antun würde, sie wieder verraten. Ich hätte ihr die Wahrheit sagen sollen. Das ist alles meine Schuld."

Ich musste mir praktisch auf die Lippen beißen, um ihr nicht zu antworten. Ja, die ganze Situation war traurig, aber Carolyn hätte sie nicht erstechen müssen. Das ging allein auf Carolyns Kappe, aber ich konnte Gianna das nicht sagen. Noch nicht.

„Was ist dann passiert?", fragte ich. Mir wurde klar, dass Galloway brauchte, dass sie es aussprach. Er brauchte ihr vollständiges Geständnis.

„Sie machte Selfies", schnaubte Carolyn. „Von allen Dingen. Und dann sah sie mich, drehte sich um und fragte mich, was ich wolle, und ich sagte, ich will, dass du mir die Wahrheit über Audrey sagst, und sie sagte: ‚Wer ist Audrey?' Und ich..." Sie holte zitternd Luft. „Ich trat vor und rammte ihr den Eispickel in den Bauch."

Der zitternde Atemzug wurde mit einem Stöhnen ausgestoßen. „Sie, sie, sie sah mich nur mit diesem schockierten Gesichtsausdruck an, und dann zog sie den Eispickel heraus... und reichte ihn mir. Ich nahm ihn ihr ab. Ich wusste nicht, was ich sonst tun sollte, also nahm ich ihn ihr ab, weil sie ihn mir hinhielt. Sie sagte kein Wort. Dann brach sie zusammen, und ihr Handy fiel ihr aus der Hand, also nahm ich es, steckte das Handy und den Eispickel in meine Tasche, wischte mir das Blut von den Händen - leicht zu machen, wenn man ein schwarzes Kleid trägt. Dann schrie ich um Hilfe."

- „Und niemand hat bemerkt, dass Sie ihr aus dem Ballsaal gefolgt sind?", fragte Galloway.

„Alle standen unter Schock. Es war leicht, den Gedanken zu pflanzen, dass ich erst nach oben gegangen bin, als das Auto für den Vogelscheuchenball angekommen war. Ich glaube, ich habe das Aufblitzen der Scheinwerfer gesehen, die über die Eingangshalle strichen, als ich nach oben ging. Also habe ich es ausgenutzt. Ich erzählte den anderen, dass ich gesehen hätte, wie das Auto ankam, und dass ich nach oben gegangen sei, um Gianna zu holen."

- „Warum haben Sie ihr Handy genommen?"

- „Weil ich ziemlich sicher bin, dass ich auf einem der Selfies zu sehen bin, die sie gemacht hat."

- „Volltreffer." Die Worte rutschten mir heraus, und ich mimte, meine Lippen zu verschließen und den Schlüssel wegzuwerfen, als Galloway mir einen Blick zuwarf. Aber Carolyn hatte recht, denn Gianna erinnerte sich genau daran.

„Nur", Carolyn lachte bellend auf, „konnte ich das verdammte Ding nicht entsperren, um das Foto zu löschen, weil sie es auf Gesichtserkennung eingestellt hat."

- „Das ist für den Fall, dass ich meinen PIN-Code vergessen sollte", erklärte mir Gianna.

„Bevor ich Sie verhafte", sagte Galloway feierlich, „gibt es etwas, das Sie wissen sollten."

- „Oh?" Sie zog ein Taschentuch aus der Box neben ihrem Stuhl und putzte sich die Nase. „Was denn?"

- „Das", er zeigte auf mich, „ist Audrey."

Carolyns Stirn runzelte sich. „Was? Was meinen Sie damit? Sind Sie keine Polizistin?"

- „Ich bin Privatdetektivin. Und Gianna hat mich engagiert, um herauszufinden, wer versuchte, sie zu erpressen."

- „Was?", kreischte Carolyn. „Das kann nicht sein."

- „Es tut mir leid." Und das tat es wirklich. Was für eine schreckliche Reihe von missverstandenen Umständen auf der ganzen Linie. „Und es gibt etwas, das Gianna Ihnen wahrscheinlich hätte sagen sollen. Ich weiß, dass sie es vorhatte, aber sie hat es zu lange aufgeschoben, und jetzt kann sie es nicht mehr. Was Sie nicht wissen, was keiner von Ihnen weiß, ist, dass Gianna krank war. Unheilbar krank. Sie hatte einen unheilbaren Gehirntumor. Einige Dinge, wie zum Beispiel, dass sie sich nicht an ihr Gespräch mit Ihnen über die Stelle als Büroleiter erinnerte? Das waren Symptome ihres Zustandes."

- „Oh mein Gott, das ist schrecklich!", brach Carolyn prompt in Tränen aus, mit großen, schluchzenden Gefühlsausbrüchen.

„Das ist furchtbar", stimmte Gianna zu, ging zu ihrer Freundin und rieb ihr den Rücken. „Es ist nicht ihre Schuld, weißt du. Sie wollte mich nicht töten. Wenn ich ihr nur die Wahrheit gesagt hätte, wäre nichts davon passiert."

Galloway ließ Carolyn eine Minute lang weinen, bevor er aufstand und sie auf die Füße zog. „Carolyn Wells, Sie sind verhaftet wegen des Mordes an Gianna Tate." Er las ihr weiterhin ihre Rechte vor, während er sie nach draußen führte. Er hatte die Weitsicht besessen, einen Streifenwagen zur Unterstützung zu rufen, der am Straßenrand wartete.

Gianna und ich beobachteten durch das Fenster, wie Carolyn auf den Rücksitz verfrachtet wurde. „Es fühlt sich nicht an, als ob Gerechtigkeit geübt wurde", sagte Gianna.

„Ich weiß, dass du dich verantwortlich fühlst, Gianna, aber alles läuft darauf hinaus, dass sie dich getötet hat, ungeachtet ihrer Gründe. Sie hat die Entscheidung getroffen, dich mit einem Eispickel zu erstechen. Das geht zu hundert Prozent auf ihre Kappe. Sie hätte ein Dutzend verschiedene Wege wählen können, aber sie entschied sich für den Tod, und jetzt muss sie sich den Konsequenzen stellen."

- „Aber was ist mit ihren Katzen?"

Ich schaute zu den beiden Katzen, die immer noch ausgestreckt auf der Rückenlehne des Sofas lagen und uns keine Beachtung schenkten. „Ich werde Carolyns Familie kontaktieren und sehen, ob sie sie nehmen werden."

- „Ach ja, ihre Tochter mag Katzen. Sie wird sie bestimmt nehmen. Gut. Gut."

Ein helles Licht erfüllte den Raum, und ich hob meine Hand, um meine Augen abzuschirmen.

„Oh mein Gott, schau dir das an. Ist es nicht wunderschön?“

- „Das ist es allerdings. Es ist für dich da, Gianna. Es ist Zeit, zum nächsten Teil deiner Reise überzugehen.“

- „Kommst du mit?“, fragte sie Ben, der wieder zu uns gestoßen war.

Er schüttelte den Kopf. „Nee, ich bleibe. Aber du geh ruhig.“

- „Okay. Nun gut.“ Sie streckte ihre Hand aus, und ich versuchte, sie zu schütteln, trotz der eisigen Kälte, die ihre Berührung hervorrief. „Danke für alles. Ich bin so froh, dass ich dich angeheuert habe. Auch wenn es letztendlich zu meinem Tod geführt hat.“ Sie trat in das Licht und ließ mich mit offenem Mund zurück.

„Hat sie gerade?“, wandte ich mich an Ben. „Hat sie gerade *mir die Schuld* an ihrem Mord gegeben? Frechheit!“

Ben lachte. „Komm, du musst Galloway sagen, dass das Handy und der Eispickel immer noch in der Tasche des Kleides sind, das Carolyn am Samstagabend trug. Sie hat es in ihrem Kleiderschrank aufgehängt, aber versäumt, die Beweise zu beseitigen.“

„Was ist das?", beäugte ich die Reisetasche, die an meiner Haustür stand. Es waren drei Tage vergangen, seit wir Giannas Fall abgeschlossen hatten, und Galloway war die ganze Zeit damit beschäftigt gewesen, ‚die Ts zu kreuzen und die Is zu punkten'.

„Wir machen einen kleinen Ausflug." Galloway strahlte. „Du musst dir um nichts Sorgen machen."

Sofort machte ich mir Sorgen. „Aber ich habe nicht gepackt."

Er zeigte auf die Übernachtungstasche. „Ich habe für dich gepackt."

Meine Stirn runzelte sich. Die Schorfwunden von meinen Kratzern waren am Tag zuvor abgefallen, was bedeutete, dass ich dies ohne Unbehagen tun konnte. Ich war mir nicht sicher, ob ich es mochte, dass er für mich gepackt hatte oder ob es das rücksichtsvollste Geschenk war, das er mir je machen konnte. Aber ich freundete mich mit der Idee eines Ausflugs an. „Also, wohin fahren wir?"

- „Chicago."

- „Oh." Ich wusste, dass meine Stimme meine Enttäuschung verriet. Ich hatte an einen tropischen

Strand oder eine Berghütte gedacht. Nicht Chicago. Ich war nicht wirklich ein Stadtmädchen. „Okay."

Galloway lachte laut auf, zog mich in eine Bärenumarmung und sagte dann die Worte, vor denen ich Angst gehabt hatte. „Ich nehme dich mit, damit du meine Familie kennenlernst. Mama hat darauf hingewiesen, und das zu Recht, dass es nicht fair wäre, wenn sie ihre zukünftige Schwiegertochter zum ersten Mal auf der Hochzeit treffen würden."

Wir waren in unserer eigenen kleinen Blase in Firefly Bay gewesen, auch wenn meine Familie mit in dieser Blase war. Natürlich war es nur fair, dass ich Galloways Familie kennenlernte. Es war vorher nie zur Sprache gekommen und ich hatte die ganze Situation so behandelt, als wäre Galloway ein Waisenkind ohne eigene Familie – was falsch von mir war. Aber er sprach so selten über seine Eltern, dass ich vergessen hatte, dass sie überhaupt existierten.

„Außerdem hat Mama Geburtstag. Ich denke, sie würde sich über einen Besuch ihres verlorenen Sohnes freuen."

- „Sie hat Geburtstag!" Ich boxte ihm fest in den Arm. „Warum höre ich das jetzt zum ersten Mal? Mann, du lässt mich wie eine schlechte

Schwiegertochter aussehen. Ich habe kein Geschenk für sie besorgt, nicht mal eine Karte."

- „Dich kennenzulernen ist Geschenk genug."

- „Halt die Klappe." Ich schubste ihn wütend weg. Ich wollte einen guten Eindruck machen, wenn ich seine Eltern irgendwann kennenlernte, und das war es nicht. „Feiert sie eine Party? Wird es eine große Sache sein?"

- „Entspann dich." Er versuchte, mich wieder in eine Umarmung zu ziehen, aber ich wehrte mich, duckte und wich aus. „Es wird alles gut. Und keine große Party, es werden nur wir sein."

- „Nur wir?"

„Ist das etwas Schlechtes?"

- „Das bedeutet, wir werden unter dem Mikroskop sein. Die ganze Aufmerksamkeit wird auf uns liegen."

- „Schatz, wir heiraten. Natürlich wird die ganze Aufmerksamkeit auf uns liegen. Es wird alles gut, das verspreche ich. Deshalb habe ich es als Überraschung behalten, damit du dich nicht vorher verrückt machen kannst."

- „Was ist, wenn sie mich nicht mögen?"

Dieses Mal, als er versuchte, mich für eine Umarmung zu sich zu ziehen, ließ ich es zu. Meine Angst war real. Was, wenn seine Familie mich nicht mochte? Was, wenn sie das Gefühl hätten, dass ich nicht gut genug für ihren Sohn wäre?

„Sie werden dich lieben! Wie könnten sie nicht? Schatz, ich wünschte, du könntest dich so sehen, wie ich dich sehe. Mutig, furchtlos, wunderschön. Du bist eine Göttin."

- „Ich bin ein tollpatschiger Schlumpel", protestierte ich.

„Auch das", räumte er mit einem Lachen ein und gab mir einen Kuss, um zu zeigen, dass er nur scherzte. „Aber genau das macht dich zu der einzigartigen Person, die du bist. Ich würde dich um nichts in der Welt anders haben wollen, und glaub mir, meine Familie wird dich genauso lieben wie ich. Vielleicht sogar noch mehr." Er wurde ernst.

Ich schlang meine Arme um seinen Hals und gab nach. „Na gut, Galloway, du hast es so gewollt. Sag deinen Eltern, sie sollen sich wappnen. Audrey Fitzgerald kommt nach Chicago."

ENDE

Vielen Dank fürs Lesen! Wenn Ihnen dieses Buch gefallen hat, würde ich mich sehr über eine Rezension freuen.

Eine vollständige Liste meiner Bücher, einschließlich aller Serien und in der Reihenfolge ihres Erscheinens, finden Sie auf meiner Website unter:

www.janehinchey.com

Eine vollständige Liste der deutschen Übersetzungen finden Sie unter: www.janehinchey.com/deutsch

Melden Sie sich hier für meinen deutschen Newsletter an: https://janehinchey.com/subscribe-deutsch/

Natürlich können Sie auch meiner Lesergruppe auf Facebook beitreten:

www.JaneHinchey.com/LittleDevils

Vielen Dank, dass Sie mein Buch gelesen haben. Lesende wie Sie machen diese Reise lohnenswert und schüren meine Leidenschaft für das Geschichtenerzählen. Ihre Unterstützung bedeutet mir sehr viel und ich kann es kaum erwarten, in Zukunft weitere spannende Geschichten mit Ihnen zu teilen.

xoxo

Jane

Jane Hinchey ist eine australische Autorin, die am liebsten Cosy Mystery Crimes schreibt, in denen es viel zu lachen gibt – wer sagt denn, dass ein Mord keinen Spaß machen kann? Ihre Bestseller-Geisterdetektivin-Reihe vereint all dies in einem faszinierenden Schmelztiegel aus paranormaler Gefahr, rasanter (aber nicht zu gefährlicher) Action und viel augenzwinkerndem, bissigem Humor.

Jane lebt in der Welt der Sterblichen mit ihrem nicht-paranormalen Mann, zwei Katzen, deren paranormaler Status noch nicht geklärt ist (sie hat sie einmal dabei erwischt, wie sie versucht haben, ein Portal in der Küche zu öffnen), und einer Schildkröte namens Squirt (die riesig ist!).

Kontaktieren Sie Jane über ihre Website und abonnieren Sie ihren Newsletter – www.janehinchey.com

VIP-Lesergruppe – www.janehinchey.com/littledevils

Facebook – facebook.com/janehincheyauthor